2
左リュウ
Ill. mmu
人間
だけど
魔王
育てられた俺
の娘に愛され
支配属
の権能を
与えられました。
JN222975

Characters

◆アリシア Alicia

魔族代表の王女。
『支配』の権能を持つ。
奥手なリオンを
リードしている。
天才肌ですべてにおいて
高い能力を持つ。

◆リオン Lion

魔界で育てられた人間族の青年。
護衛対象で恋人でもある
アリシアより権能を授かる。
真面目で努力家。恋愛には奥手。

♦ローラ Rola

妖精族代表の王女。
『神秘』の権能を持ち
不思議な力を使い
相手を翻弄する。
厳格な性格だが
好きなものには甘い。

♦ノア Noa

人間族代表の王子。
『団結』の権能を持ち
学院の治安部部長。
頭脳明晰で剣の腕前は
学院で一、二を争う実力。

♦デレク Derek

獣人族代表の王子で
『野生』の権能持ち。
魔力を身にまとい
戦う事を得意とする。
物静かな性格。

♦魔王軍四天王 Four heavenly kings

火のイストール、
水のレイラ、土のアレド、
風のネモイ。
魔界に捨てられていた
リオンを拾い
大切に育てた。

♦マリア Maria

アリシアに助けられ彼女のメイドとなった
妖精族の娘。暗器使い。
何事もそつなくこなすが性格は残念。

Contents

Digest

魔界で拾われた人間の男の子、リオン。
彼は魔王軍最強と称される四天王に大切に育てられ
魔王軍の中でも指折りの兵士へと成長した。

そんな彼のことが好きな魔族の姫、アリシア。
楽園島と呼ばれる４種族が集う場所にある
学院に入学することになり、リオンのことが
好きな彼女は彼を護衛として同行させ
『島で起こっている問題を解決したら二人の結婚を認める』
と父である魔王に約束させるのだった。

島に着いた彼らは獣人族と妖精族の対立を
目のあたりにしてすぐさま動き出す。
拳を交えながらもお互いを理解していく
各種族の代表である『島主』たち——。
和解に向けて順調に事を運んでいたが
突然アリシアが攫われてしまう。
リオンは皆の協力を得て彼女を捜し出すが
全ては学院教師ナイジェルの陰謀であったことを知る。
強大な力に成す術がないように思われたが
最後はアリシアと協力し撃破に成功した。

そして、無事問題を解決出来たリオンは
アリシアからの思いを正面から受け止め
恋人（婚約者）となるのだった。

プロローグ

「――――リオン。わたしのリオン」

彼女の白い指が頬を撫でる。ゆっくりと、俺の存在を確かめるように。

「…………おはようございます、姫様」

姫様……魔界の姫にして俺の主、アリシア・アークライト様に、俺は朝の挨拶をする。ベッドの上で上半身を起こすと、既に身支度を整えている姫様はくすっと笑った。

「おはよう。リオンはお寝坊さんね。ダメよ、今日は大事なお仕事があるんだから」

「別に寝坊したというほどの時間ではないような気がするんですけど……」

むしろいつもの起床時間よりやや早いぐらいだ。

「だって、少しでも長く好きな人との時間を過ごしたいじゃない？」

姫様の不意打ちのような言葉に、思わず頬が熱くなる。

魔界の姫である彼女と俺は、先日この魔法学院で起きた事件をきっかけに夫婦となった。いや、厳密にはまだ正式な夫婦ではなく、どちらかというと婚約者のような状態が正しいのだが。

「あら。照れてるの？　ふふっ。あなたのそういうところも、愛おしくて大好きよ」

電撃作戦とも呼ぶべきプロポーズに応えてから、姫様はいつもこの調子だ。畳み掛けてくるような怒濤の攻めに、俺は防戦一方になっている。

「ひ、姫様。そう言ってくれるのは大変嬉しいのですが……その、最近何か焦ってるような……」

「……そうかしら？」

一瞬だが姫様の表情が凍り付いた……気がする。いや、怯んだと言った方が正しいか？

「姫様。何か、俺に隠してません？」

姫様からの好意は素直に嬉しい。だけど気になるのは、姫様が抱いているであろう『焦り』の正体だ。それが何なのか俺は知りたいし、解決できるなら力になりたい。

「………リオン」

しばらくの沈黙を経て、姫様は急に俺の身体を抱きしめる。ぎゅうっと、力強く。

俺がどこかに行ってしまうと、心配しているかのような。離れないように、留めておくようにしているかのような。

「ひ、姫様？　急に……どうしました？」

年頃の男の子でもある俺としては、抱きしめられるのは嬉しいがそれはそれとして心臓の鼓動がとても大変なことにならざるを得ない。ふわりと漂ってくる華やかな香りや、柔らかな感触に顔も熱くなる。

「あの時は……取られたくないから、こうして抱きしめたいって思ってたけど。でも、リオンが選ぶ決断は……尊重してあげたいって思ってるから。だから、せめてそれまでの間だけでも……」

俺には、姫様が何を言おうとしているのかは正直なところよく分からない。

でもそれが姫様にとってはとても焦るようなことで、怯えていることでもあることは、何となく分かる。だとすれば、俺に出来るのは彼女の身体を優しく抱きしめてあげることぐらいで。

「大丈夫ですよ。俺は、姫様の傍にいます」

「ん……ありがと、りおん」

いつもは堂々としていて、我が道を突き進んでいく姫様は、子供のようだけどその実、普通の同年代の子供たちに比べて大人びていると俺は思っている。でも、今は違う……年相応の子供みたいな、幼さを見せながら甘えてくれている。それがちょっと……いや、かなり嬉しい。姫様が不安がっているというのは承知の上なので、不謹慎かもしれないけれど。

「取られたくないって……一体俺が、誰に取られるっていうんです？」

「それは………」

珍しく姫様の言葉が途切れる。少しの間、沈黙があって。

「………やっぱり、なんでもないわ」

姫様はするりと体から抜け出していく。俺の掌から、彼女の身体が零れ落ちていく。

「さ、早く着替えて、朝ご飯をしっかり食べて、大事なお仕事に備えましょう。今日は忙しくなるだろうし」

「それは構いませんけど……あの、『なんでもない』と言われると余計に気になっちゃうんですけど……」

「あら。もしかして、わたしに着替えさせてほしいのかしら？　ふふっ。構わないわよ、わたしは。リオンのお着替えを手伝ってあげても」

「ひ、一人で出来ますすよっ！」

俺をからかうように笑う姫様は、もうすっかりいつもの姫様だった。

☆

治安部の本部から外を見渡せば、お祭りムードの街並みが広がっている。

今日、この『楽園島』では種族間和平記念のお祭りが開催される。今年は一年前から閉鎖されていた『四葉の塔』が開放されることにもなっており、学院の生徒たちの中では盛り上がりが増していた。

治安部はこのお祭りの警備員として駆り出されることとなっており、入学して間もない頃に治安部入りしたアリシアたちもこの警備に参加する立場だ。

そんな治安部本部内にある一室で、アリシアはこの学院の治安部長……ノア・ハイランドと向かい合って座っていた。この部屋には、彼女とノアの二人だけだ。

「感謝するわ。急な呼び出しに応えてくれて」

「私は構いませんが……驚きましたね。君の口から、私に対する感謝の言葉が出てくるとは」

「貴方はわたしをなんだと思ってるの？」

「はて。一体何のことやら」

アリシアは、ノアに出会った時から彼のことがどこか苦手だった。

その理由は今となってはハッキリしている。だけどその理由とは関係なしに、この男のことが苦手であると感じた。

「まあ、いいわ。……今日は、貴方に訊きたいことがあって来たの」

「私に答えられることであれば」

ニコリとした笑みを浮かべるノアに対し、アリシアは質問を投げかける。

「リオンの『権能』についてよ」

「それは貴方がよく知っているはずでは？」

「わたしが与えたのは『支配』の権能よ。だけどリオンの中には、もう一つの『権能』が眠っているわ」

「……おや。それは興味深い話ですね」

「あくまでもしらばっくれるのね」

何も答えないノアに対し、アリシアは構わずに言葉を紡ぐ。

「最初に妙だと思ったのは模擬戦の時。イストールの火とネモイの風を混ぜ合わせたあの『焔』。複数の魔法……いいえ、二つの『権能』を繋げたかのような力。そして、貴方の様子。最後に決め手になったのは、『四葉の塔』での戦い。リオンが生み出したあの白銀の輝きは、間違いなく『団結』の権能よ」

「……『二つの権能を繋げたかのような力』と仰いましたが、『団結』の力はご存じのはず。アレは『権能保有者』の数だけ魔力を強化する力ですよ」

「そうね。普通ならそうでしょう。でも、突き詰めれば『団結』の権能は、『繋がりを作る権能』だとも呼べるわ。そして、リオンの中にはわたしが与えた『支配』の権能がある。一人の人間に複数の権能……前例がないことだから確証はないけれど、もしかするとリオンが持つ『魔法を支配する権能』と、元々持っていた『団結』の権能が混ざり合うことによって、『権能を融合させる権能』が新しく生まれたのかもしれないわ」

アリシアは更に言葉を重ね、己の推測をポツポツと語ってゆく。

「リオンの中に在る他者との『繋がり』……おそらく訓練か何かでイストールやネモイの魔法を受けた時に、リオンの中に『権能の残滓』のようなものが取り込まれた。そこで生まれた『繋がり』を自分のものとして『支配』して、融合させ、一つの新たな力を生み出した。……それがあの、『焔』の正体」

全てはアリシアの推測に過ぎない。しかし、アリシアは感じ取っていた。ノアも同じ推測に至っていると。だが、ノアは何も言葉を発しない。

「……一つ確認するけど。『王族の権能保有者』だけが、他者に『権能』を与えることが出来る。そして、『他者に権能を与える力』を持つ者……『クラウン』が生まれてくるのは、一世代に一人だけ。わたしや貴方、デレクやローラがそうよね？」

「ええ。なぜ『クラウン』が一世代につき一人だけなのかは、定かではありませんがね。それがどうかしましたか?」

「――――ではなぜ、リオンが『団結』の権能……それも『クラウン』たる『権能』を有しているのかしら?」

「……さて。意味が分かりませんが」

「わたし相手に誤魔化せると思っているの?」

ノアはしばらく目を伏せ、考え込むような沈黙が流れる。

口を閉ざすことを選んだノアに、アリシアは最後の一撃を加えることにした。

「わたしのリオンは……貴方の弟。人間族代表の王族、ハイランド家の第二王位継承者。本来ならそうなるはずのなかった者。この世界に生まれた例外……二人目の『クラウン』なのでしょう?」

それは、確信に満ちた問いかけだった。

第一話　平和なお祭り、新たなる脅威

お祭りムードに当てられたのか、人々のエネルギッシュな活気が伝わってくる。

これだけ混雑していると、いつどこで何が起きても不思議ではない。

治安部員として警戒するのは勿論だが、俺にとっての最優先事項は姫様を護ることだ。……出来る事なら、このような一般の人々が多く入り交じったところを姫様には歩いてほしくはなかった。

もしものことがあれば大変だから。しかし、姫様本人は「大丈夫よ。もし何かあってもわたしがリオンを護ってあげる」そういう問題じゃないんですが。むしろ逆なんですが……。「それに一応これ、治安部としての仕事でしょう？　鍵を手に入れるためとはいえ、無理やり入ったんだから一年生部員としての仕事は全うしなくちゃ王族として示しがつかないわ」という理屈によって丸め込まれてしまった。

「姫様」

「なにかしら？」

「結局、ノア様とはどのようなお話をされてたんですか？」

姫様は治安部の部屋に入って早々、ノア様と二人きりになって何か話をされていた。俺は部屋の外にいたので内容は聞いていないが。

「………秘密よ」

「秘密、ですか」

「そ。ノアからも口止めされているから」

ノア様から直々に口止めをされるとなると余程の内容なのだろう。

だとすれば俺のような立場から口出しが出来るようなものでもない。

「ねぇ、リオン。あそこの露店に行ってみない？　わたし、興味があるのだけれど」

「ダメですよ。今はお仕事中なんですから。……っていうか姫様、もしかしてお祭りを見てまわるためにわざわざこの警備の仕事を引き受けたんじゃ」

「それもあるけど」

あるんかい。

「せっかくのお祭りよ？　リオンとデートしてみたいじゃない」

半ば婚約者……というか、恋人同士になったんだからそういうこともするんだろう。していくんだろう。これから。というか、そういうデートのお誘いって俺がしていくべきなのではと今更思い至った。

「で、デートですか」

「そうよ。わたしたち、婚約者で、恋人同士でしょう？」

話しかけてくる姫様はとても嬉しそうで、にへーっとした幸せいっぱいの笑顔を向けてくる。

……ずるい。そんな笑顔を見せられてしまったら、どうしたって甘くなってしまう。

「どーしたの？　リオン」

「姫様はずるいなぁって思ってたんです」

「ずるい？　心当たりが色々ありすぎて分からないのだけれど……」

「あ、自覚はあったんですね」

「リオンって、ずるい子は嫌い？」

「その質問が既にずるいんですよ！」

「じゃあ質問を変えましょう。わたしのことは嫌い？」

「……姫様のことは、好きですけど」

「あら。嬉しいわ」

またもや幸せいっぱいの笑顔を見せる姫様。

ダメだ。俺はもうこの人にかないそうにない。

「そういうわけだから、今日は見回りもしつつデートしましょうね」

「仕事優先でお願いします」

「…………リオンのけち」

「けちでもなんでも構いません。お仕事をきちんと済ませて、魔界の姫として模範となるべき姿勢を示してですね」

「分かってるわよ。だからこうして、治安部の下っ端として見回りに出ているんじゃない」

デートだなんだといいつつも、姫様の意識は周囲の警戒にも割かれている。

だから仕事としてはちゃんとこなしていると言って良い。

……とはいえ、意識が仕事に割かれているのと周囲からどう見えているのかはまた別の話。表面上だけでもピシッとしておくに越したことはない。

「リオンは真面目さんね。そういうところも大好きだけど」

「不真面目な護衛は問題でしょう」

……姫様との会話は心臓に悪いかもしれない。今みたいにサラッと愛情を言葉にされるとドキドキする。

「…………こほん。でも、これはあくまでも治安部のお仕事中の話です。この仕事が終わったら……で、デートしましょう」

最後の方はちょっぴり噛んでしまったが、なんとか誘うことが出来た。

肝心の姫様の反応はというと、まさに呆気にとられたような、きょとんとした表情をしている。

「えっ。ど、どうしましたか、姫様。あの、も、もしかして嫌でした？」

「ち、違うのっ。嫌じゃなくて……逆なの。嬉しくて……リオンからデートに誘ってくれるのが、嬉しくて」

先ほどまでは俺のことを簡単に手玉にとっていた姫様だったが、今は違う。

「い、嫌じゃないの。ぜったいぜったい、嫌じゃないわ。嬉しいの。とってもとっても、とーっても嬉しくて。驚いたのは、リオンから誘ってくるのはちょっと、不意打ちだったたっていうか……だから、お仕事終わったら……でーと、しましょ？」

顔を真っ赤にして、仕草もどことなくあたふたとしていて。

いつもの余裕はどこに行ってしまったのか。それこそ、年相応の幼さが露《あらわ》になっていて……なんていうか、そう。めちゃくちゃかわいい。

「姫様」

「な、なにかしら？」

「姫様のそういうところも、大好きです」

「〜〜〜っ！」

さっきのお返しのような言葉をかけると、姫様の顔がますます赤くなっていく。

何かを言いたげな口もぱったりと閉じてしまい、予測外のことに対してどうすればいいのか分からずにいる様子だ。

……思い返せば、今まで姫様の方から色々な愛情表現のような言葉をかけてもらっていたが、俺の方から姫様に対してここまでストレートに気持ちを伝えたことは殆どなかった気がする。ましてや、明確に『デート』の誘いをかけたのも初めてかもしれない。

姫様からすれば予想外のことだったのだろう。俺としては不甲斐ないという気持ちもありつつ、こうした隙を衝かれてあたふたするカワイイ姫様を見ることが出来て嬉しいという気持ちもある。

（これからはちゃんとデートに誘おう……！）

カワイイ反応を見せる姫様をよそに、俺は心の中でひっそりと誓いを立てた。

☆

話を終え、アリシアがリオンと共に見回りに出かけた後。

ノアは治安部の本部にて祭りの運営に回っていた。現場から寄せられてくる様々な情報を統括し、適切な指示を下していく。この日のために『島主』たる四人の王族とも連携して準備を進めてきたものの、それでも綻びは生まれてしまうものだ。その綻びを、ノアは丁寧かつ的確に修繕し、祭りを円滑に回していく。

「……ここは、関係者以外立ち入り禁止ですよ？」

最中。

異端の気配を感じたノアは、招かれざる客に対する威嚇の意味を込め、刃のように鋭い魔力を纏う。されど、その魔力すらも客人――――帽子を被り、奇妙な笑みを浮かべた紳士は、意に介していない。

「おお、これは失礼。ですがそう殺気立たないでください。私はただ、招待状をお届けに来ただけなんですから」

「……招待状？」

「ええ。とてもデンジャラスでスリル溢れる、素晴らしい遊戯《ゲーム》への招待状でございます」

優雅に一礼した紳士が指を鳴らすと、室内に巨大な映像が現れる。

街や露店。そこにいる人々の様子が映し出されており、最も目を引くのは魔王軍四天王、水のレイラが登壇する予定のステージだ。

「私、この街にいくつかプレゼントを……ああ、無粋な言い方をするならば、爆弾を仕掛けさせていただきましてね？　というのも、魔王軍四天王の一人……水のレイラ。彼女のステージを派手に飾り立てるための配慮でございます」

「……成程。それがタイムリミットというわけですか」

「ええ、そうですとも！　さあルールは簡単！　制限時間内に爆破を止めることが出来れば、貴方がたの勝利でございます！　もし止めることが出来なければ……」

紳士は口の端を歪め、握った拳を前に突き出し――――、

「ボンッ」

ぱっ、と手を広げる。同時に、室内に浮かび上がった映像が、紅蓮の焔をまき散らしながら爆発する。それは大したことのない小さな花火だが、街に仕掛けられた本物はこの比ではないだろう。

「おっと、忘れそうになっておりました。特別にヒントを差し上げましょう。爆破を止める手段は二つございます。一つは、爆発物を直接処理する方法。そしてもう一つは、私が配置した『駒』を処理する方法」

「『駒』？」

「残念ながら私は主催者ゆえ、この遊戯《ゲーム》のプレイヤーにはなれません。ですので、主催者たる私の代役……故に『駒』です」

言いながら、紳士は小さな棒状の魔道具《マジックアイテム》を取り出した。

「これは会場に仕掛けられた爆発物を起動させるスイッチ。『駒』にはこれと同じモノを渡してあります。つまり……『駒』を見つけ出し、排除すれば。一度にすべての爆発物を止めることが出来る、というワケです」

「ほう。それは気が利いていますね」

「でしょう？　……ああ、賢い貴方に忠告しなくとも理解していると思われますが念のため。お祭りの中止や人々の避難などといった、つまらぬ真似はしないこと。もしそんなことが為されれば、残念ながら時が満ちるよりも前に、街が紅蓮に彩られるだけのこと」

紳士に浮かんでいたのは、混じりけのない純粋な享楽の色。

冗談などではない。この遊びを害されたとして。彼は喜んで、街を炎の海に沈めるという確信があった。

「それでは、遊戯《ゲーム》の始まりでございます。貴方がたの奮闘を期待しておりますよ」

軽く手を振りながら、紳士は優雅な足取りで部屋から出ていく。

蜃気楼のように揺らめきながら……彼の姿は掠れるように消えていった。

室内に一人残ったノアはため息をつき、懐から端末を取り出した。

「やれやれ……馬に蹴られなければ良いのですが」

☆

　ポケットの中にある端末が反応を示す。

　先日の鍵集めの一件で使用されたこの通信用端末。元々は姫様が開発したマジックアイテムであり、数を増やし、警備用として治安部生徒に配布されたものだ。

『リオン君。今、お時間よろしいでしょうか？』

　業務連絡でも何でもないところからすると、緊急を要する類の連絡らしい。

　周りの人々に聞かれないように、姫様を連れて路地裏に移動する。

「お待たせしました。何かあったんですか？」

『ええ。脅迫状が届きましてね。困ったものですよ』

「………………なんか、凄いことをサラッと言いましたね」

『ははは。治安部をやっていると、こういうトラブルに遭う機会もありますからね』

　治安部が実力を重んじる組織である理由の一端が垣間見えた気がする。

「……承知しました。お話を伺ってもよろしいですか」

『話が早くて助かります』

　端末越しにノア様が苦笑するような気配を感じる。そして分かりやすく簡潔に語ってくれた。突如として治安部本部に現れ、脅迫を残していった紳士のことを。

『現在、治安部員が総出で爆発物と犯人の捜索を行っています。そちらにはアリシア姫もいましたよね？　彼女の空間把握能力を頼りにさせていただきたいのですが』

「分かりました。……ですが、いざという時は」

『承知しております。アリシア姫とレイラ様の保護を優先して頂いて構いません』

さっきは姫様にああ言ったが、俺の中の最優先事項は姫様の身の安全だ。

治安部の仕事だって危険が出ない範囲でお願いしたいが、とはいえそこは周囲への影響力やイメージの問題もある。『王族だから治安部の仕事はやりません』と言うのは簡単だが、周囲の生徒たちからの印象は決して良くないだろう。それは将来的に魔界へのマイナスにもなりかねない。姫様に治安部のお仕事を真面目にしてくれるように頼んでいるのは、そういった事情や打算も含まれている……が、今回の案件は流石に規模が大きい。学生同士の諍いレベルでは済まない。この件に関しては島の守護騎士も動いているだろうし、あまり無理はさせられない。

「姫様」

「ん。どうしたの？」

「えっと……その、実は少々厄介なことになりまして」

事情を説明すると、姫様はすぐやる気に満ち溢れた表情をなされた。

さすがは王族。緊急時とあらば、民の安全を護るために毅然と立ち上がるんだな。

「冗談じゃないわ。デートどころじゃなくなるじゃない。ノアのやつ、馬で蹴られたいのかしら」

またこのパターンか……俺としてもデートが中止になるのは避けたいところなのであまり強くは言えないのだが。

苦笑する俺をよそに、姫様は端末を使ってノア様に連絡を取り始めた。

「『駒』はわたしたちの方で探しておくわ。貴方は治安部を動かして爆発物を探しなさい」

『ご心配なく。元よりそのつもりですよ』

最後に手短なやり取りをし、姫様はそのまま端末を切った。

「まったく。せっかくのお祭りなのに、嫌になっちゃうわ。さっさと片付けちゃいましょう」

「ですね。姉貴のステージまで時間もありません。急がないと」

「そうね……でも、まずはもう一人ぐらい人手が欲しいわね」

「マリアを呼び戻せばいいのではないでしょうか」

姫様に仕えているメイドであり、暗器の使い手。

性格に少々難があるものの、その実力はかなりのものだ。『四葉の塔』での事件においては、単独で凄腕の傭兵である『黒マント』を撃破した程だ。

今日はなぜか姫様が「貴方はデレクの護衛についてあげなさい」と、意味ありげに言っていたので別行動になっている。

「それはそうなんだけど……デレクに悪いことしちゃうわね」

「デレク様とマリアがどうかしたのですか？」

「分からないならいいのよ。かわいいリオン」

……なんだろう。楽し気に笑う姫様にどうにも納得がいかない。

俺が首を傾げている間に、姫様は端末でマリアと連絡をとる。合流するまでの間に姫様は短距離転移魔法を繰り返し素早く移動しつつ、周囲の気配を探り――――、

「――見つけた」


十分もかからないうちに、『駒』の居場所を見つけ出してしまった。

その後、集合場所に戻ってきた直後にマリアと合流する。

「お待たせいたしました」

「ありがと。急に呼び立ててしまって悪いわね、マリア」

「いいえ。主たるアリシア様のお呼びとあらば、いついかなる時でも駆けつけます。ですがもし、かりに、たぶん、きっとそうだと思うのですが、遅れてしまったのなら仕方がありません。どうかお仕置きとして存分に踏んでいただいても――」

「話が止まるからちょっと黙ってろ」

変態メイドあらため暗器使いのマリアが合流地点にやってきた。

それはいい。それはいいのだが、

「……どうして貴方たちもいるのかしら？」

姫様が視線を向けた先。そこにいたのは、

「……マリアさんを危険な目に遭わせるわけにはいかないからな」

ノア様から端末か何かで連絡を受けていたであろうデレク様と、

「当然ですわ。レイラ様のステージを汚す悪党をぶちのめすのは、ワタクシの務めですもの！」

怒りに身を滾らせ、物販で購入したであろうレイラ姉貴グッズの入った袋を抱えたローラ様だった。

☆

なぜか揃いも揃って王族の方々が姫様のもとに集結していた。

俺と姫様は揃ってため息をつくばかりだ（ちなみに、マリアは偵察のためすぐにいなくなった）。

「えーっと。この辺りには爆発物があるので、貴方たちは出来れば最も遠ざかって頂きたい方々なのですが」

「分かっている。だが、敵の狙いがこの『楽園島』……種族間の和平を壊すことにあるのなら、むしろオレたちが出張ることも必要だろう」

「王族同士が手を取り合い卑劣な輩の企みを阻止することで、種族間の和平をアピールすることが出来ますわ。それは敵の目論見を潰すことにも繋がりますし、何より……獣人族と妖精族の、真の和解に近づくための足掛かりになるかもしれませんもの」

もっともらしいことをペラペラと並べ立てるローラ様。

対して姫様は、

「で、本音は？」

「あわよくばレイラ様のサインを貰えるかもしれませんもの！　このチャンスを逃すことなど出来

ませんわ！」

　このお姫様、己の欲望に忠実過ぎる。単純にして純粋、かつ真っすぐなローラ様であるが、それが趣味方面に突き進むとこうなるのか。

「まったく……王族が聞いてあきれるわ」

　ため息をつく姫様に、俺はぐっと堪える。危ない。もう少しで「それを姫様が言うんですか」とか口走ってしまうところだった。

「あらリオン。言いたいことがあるなら言ってもいいのよ？」

「はははは。遠慮しておきます」

　しかし、デレク様やローラ様の言い分はもっともだ。

　先日『四葉の塔』で起きた事件や、仕組まれたものだったとはいえ妖精族と獣人族の生徒同士の争いは対外的には見栄えが悪いことこの上ない。リカバリーとなる『何か』が必要だと、ここ最近は姫様たち王族の方々同士で話し合っていた。

　何者かが仕掛けてきたこの爆弾事件を逆に利用してやろうという魂胆なのだろう。

　逞しいというか、ただでは起きないというか……いや、これぐらいの気概がないと王族ってやつは務まらないのかもしれない。

「……仕方がないわね。そういうの、嫌いじゃないし」

　丁度そのタイミングで、姫様の傍にマリアが降り立った。

「アリシア様。偵察が完了いたしました」

「ありがと。それで、どうだった？」

「はい。アリシア様の仰る通り……ここから二ブロック先にある建物の屋上で、『駒』と思われる不審な人物を発見しました。手元に遠隔操作タイプの術式を組み込んだマジックアイテムを所持していた為、間違いないかと」

「やっぱり貴方に頼んで正解だったわね」

マリアは全身に様々な武器を隠し持っている。一つ一つに魔法を組み込んだ特殊な武具を扱う彼女は、マジックアイテムに関する知識も有している。今回のような事件にうってつけの人材だ。

「ご褒美はイイ感じに踏んで頂けると嬉しいです」

「お前はそれさえなけりゃなぁ……」

なぜ俺の同僚はこんなにもアレなのか。もうちょっとクールな隠密メイドをやることは出来ないのか。

「ふむ。となると、あとはどうやって捕らえるかですわね」

「……アリシア・アークライト。君は既に、策を練っているのだろう？」

「当然よ」

姫様はいつものように、優雅に堂々とした笑みを浮かべた。

「今日は楽しいお祭りだもの。無粋なお客様には、お帰り頂きましょう」

☆

呼吸を整え、気配を殺し、対象を観察する。

マリアがつきとめた場所。ある建物の屋上に、男がいた。

ブツブツと何かを呟いているようだが距離のせいもあってよく聞こえない。仮面を顔につけているため、その表情も読み取れない。

俺がしくじればレイラ姉貴のステージが台無しになってしまう。それだけは何としても避けたい。成功は絶対条件。

『リオン。準備はいい？』

通信用魔道具ごしに姫様の声が聞こえてきた。

不思議だな。顔も見えなくて、触れることも出来なくて。寂しさすら感じているのに……安心する。魔界でもそうだったけど、姫様の声を少し聞くだけで落ち着いて任務に挑むことが出来たんだ。

「…………はい！」

『いい返事ね。好きよ。リオンのそういうところ』

「えっ!?　き、恐縮です」

『ふふっ。そうやって慌てふためくところも、可愛くて好きよ』

からかわれている。いや、姫様としてはきっと本心なのだろうが。

「ひ、姫様？　ど、どういうおつもりで？」

『だって、リオンの声しか聞こえないんだもの。寂しいじゃない。ホントはこの目で見て、この手で触ってあげたいのに』

……まったく同じことを考えていたとは。嬉しいような恥ずかしいような。

『リオンは、寂しくないの？』

「さ、寂しい……です」

『そう。それなら、早く片付けてわたしに会いに来てね』

「が、頑張ります！」

何だかんだと面喰らってしまったが、気合は入った。

『……お忘れのようでしたら教えて差し上げますが、全部丸聞こえですわよ？』

『……その、すまんな。盗み聞きするつもりではなかったのだが……』

とても気まずそうなローラ様とデレク様の声に、俺は一気に顔が熱くなった。そうだ。この通信魔法は全員とリンクしていることを完全に忘れていた。

『あら。忘れてなんかないわ。聞かせてあげたのよ』

「なぜですか姫様!?」

『わたしのリオンがカワイイってこと、教えてあげたくて』

思わずがくっと肩を落としてしまった。

『……あと、お返しのお返しよ』

くそぅ。そこがまたカワイイ。失敗できない任務を前に一気に力が抜ける。

『…………マリアさん。この二人はいつもこうなのか？』

『ええ。いつもこうです』

『心の底から同情いたしますわ。これを目の前で延々と見せられているとは』

「あのぉ！　そろそろ作戦開始しちゃってもいいでしょうか!?」

ダメだ。これ以上この通信を続けていると俺の身がもたない。

『いきなさい、リオン』

主からの許可がおりた。目の前の壁を一気に駆け上がり、最後に跳躍して敵の頭上をとる。手には起爆用と思われる魔道具を持っているが、一番気になったのはそれよりも、顔だ。顔に仮面をつけている。

ただの仮面ではなさそうだが……何はともあれ、ここは作戦通り先手必勝だ。

「――――『支配』する！」

権能を発動。対象の魔法、あのマジックアイテムを支配下におく。すぐさま術式を停止させ、爆弾としての効力を無力化する。

「――――!?」

仮面をつけた男は手元のマジックアイテムが停止したことに驚いているのか、その後現れた俺の存在に気づくのが数テンポ遅れている。脚に焔を纏い、空中で身体を捻る。その勢いのまま、有無を言わさず仮面の男の腕に蹴りを叩き込んだ。

「グッ……!?」

男の手元から魔道具が吹き飛び、砕け散る。

よし、まず最低限の目的は果たした。あとはこの仮面の男を捕まえればいいだけだ。

敵が振りかぶった手がチカチカと赤く輝いた。咄嗟に前に進もうとした足を止め、後ろに下がる。

直後、目の前の景色が爆ぜた。否、敵の掌から爆発が迸った。

「爆発魔法……！　だったらそれも！」

権能を発動させ支配する。そのまま焔を纏った拳を突き出し、爆発の消失した掌ごと焼き尽くし、殴り飛ばす。骨を砕いたような感触。歪な形に曲がった仮面の男の腕が体勢と共に大きく後ろに後退した。あと一押し。

「グ……るぅあァッ！」

「ッ!?」

獣のような雄叫びと共に男は飛び掛かってきた。同時に魔力が一気に膨れ上がる。

獣のような、じゃない。その姿はまさに獣そのものだ。骨を砕かれようがお構いなしに突き進んでくる。痛みを感じないようになっているのか？

(怪しいのは……あの仮面！)

隙だらけの腕を掻い潜り、焔の拳を仮面に叩きつける。だが、拳が仮面を砕くことはなかった。

僅かな亀裂が入ったのみで、破壊するには至らない。

(固い……！　やっぱりただの仮面じゃない……！)

間違いなく魔法に関連する何かだ。しかし、裏を返せば魔法であるならば俺の権能で支配することが出来る。

（――――『支配』する！）

敵の魔道具や爆発魔法を無力化したように、権能を発動させて支配を試みる。

「…………ッ!?」

仮面に変化が訪れない。それどころか、俺の『権能』が弾かれたかのような感覚。

「『支配』、出来ない……!?」

俺の『権能』による『支配』が発動しないのは、大きく分けて二つのパターンが考えられる。

一つは、敵の魔法が俺の『権能』の支配力を上回っていた場合。

そしてもう一つは――――それが、『権能』による力である場合だ。

俺が『魔法支配』の権能を発動させるには、相手の魔法を認識する必要がある。

つまるところ認識した魔法を支配する力ということになるのだが、あの『仮面』を認識した上で、不気味な気配を感じ取った。

姫様たち王族が神々より授けられし『権能』は、全部で四つ。

――――『支配』の属性。

――――『団結』の属性。

――――『野生』の属性。

――――『神秘』の属性。

しかし……どういうわけか、あの仮面からは『権能』と近い気配を感じながらも、この四つの属性とは微妙に異なる気配も感じる。

近いようで、違う。

無気味の一言が相応しい。

頭に浮かぶのは、最悪の予測。

（……俺の知らない、未知の『権能』が存在している？）

俺の『権能』が通用しないというだけで決めつけるのは早計かもしれない。むしろ外れて欲しい推測。だが、姫様の身を守るにあたり最悪の事態を予測しておくことは必要だ。

「ぐるぅおぉぉあああァァァァァッ！」

獣のような雄叫び。荒々しくも単純な動き。駆け出してくる仮面の男を、焔の拳で真正面から殴り飛ばす。……手ごたえが軽い。これはわざと受けたのか。

身体が大きく後ろに吹っ飛んでいく。一切の抵抗をすることなく、殴られた衝撃を利用して後退したのか。ダメージを受けることに一切の躊躇がない。

距離を取った敵は、腕を突き出した。と、同時に、その腕は真っすぐに俺に向けて伸びた。鞭のようにしなり、揺れる腕の挙動に不意を衝かれたものの、腕のガードを駆使してなんとかいなす。

（敵の魔法は、体から爆発を起こす魔法……リーチが伸びるのはまずい！）

敵の伸びた腕が俺の周囲を囲み、瞬きを放つ。権能によって支配を試みるが、奴の腕にはそれぞれ独立した無数の爆発術式が点在している。それぞれ『支配』していくにも数が追いつかない。

「くッ……！」

焔を全身に纏い、防御に徹する。判断がギリギリ間に合ったおかげか、俺の身体は爆炎に包まれながらもダメージを軽いものに抑えることが出来た。地面を蹴って爆炎を突っ切り、視界を確保する。

俺を仕留めることが本命ではないらしい。

敵は、俺に背を向けて走り出していた。

「あくまでもレイラ姉貴のステージを狙うつもりか……！」

体から爆発を巻き起こす魔法の使い手がこれから起こす行動。例えば、そう……身体のどこかに仕込んだ魔道具による、自爆攻撃。

会場にそんなものをぶち込まれてしまえば混乱は必至。和平記念のお祭りとしては最悪の結果が齎《もたら》される。相手からすれば、どんな形であってもとにかく騒ぎと殺戮を起こせばそれでいい。「王族側が防ぎきることが出来なかった」「王族側の不手際で被害が齎された」という事実さえあればそれでいい。

だからこそ、読みやすい。

「――――自爆覚悟で悪いが」

「――――予測済みですわ！」

景色が揺らぎ、ベールが捲れたかのように、何もない空間からデレク様とローラ様が出現した。『神秘』の権能による透明化。敵の行動を予測していた姫様の指示で、二人には敵の進行方向にあらかじめ待機してもらっていたのだ。

「デレク様、仮面を狙ってください！」

「承知した！」

迸る威圧感。デレク様の全身から、『野生』の権能によるオーラが迸る。

敵は腕を伸ばし反撃に出るが、デレク様はそれを予期していたかのように拳で弾き飛ばす。

「その手は既に見た」

俺が一人で仮面の男の相手をしていたのは、敵の手を曝《あば》き出すため。

情報を持っているデレク様にとって敵の伸縮する腕は既知のものだ。対応も容易い。

更に、地面で煌めく神秘の光と共に植物の蔦が発生し、仮面の男の身体を拘束する。

「美味しいトコは譲ってあげますわ」

「フッ……感謝する」

ローラ様の言葉に、デレク様は悪友に背中を押されたことに対する嬉しさを口元に滲ませる。

「おぉぉぉおおおおおおおおおおおッ！」

雄叫びと共に、オーラを纏った拳が仮面に叩き込まれる。

獣の如き苛烈なる一撃は仮面を砕き、男を吹き飛ばした。

☆

「ふむふむふむ。成程成程⁉　タイトルは『和解せし獣と妖精』。私的にはビミョー極まるタイトルですが、まあ収穫はあったのでよしとしましょうか」

帽子を被り、満足げな笑みを浮かべる一人の男がいた。彼は本を閉じると、視線の先にある光景を悠然と眺める。

獣人族のデレクと妖精族のローラ。加えて、『四葉の塔』での事件において活躍したというリオンという少年。

「アリシア・アークライトのお気に入り。リオン、という名でしたか。良いですねぇ。あの無垢なカオが素晴らしい。扱う『権能』に関しても興味は尽きません。彼を観察していれば、良いインスピレーションを得られる気がします」

男は懐から、掌に収まるサイズの小さな棒状の道具を取り出した。

それは会場に仕掛けた爆弾を起爆させるための魔道具《マジックアイテム》である。

「嗚呼《ああ》、楽しみです。彼が愛する四天王の一人、水のレイラのステージが炎に包まれ、人々の恐怖と悲鳴が満ちた時……彼の無垢なる顔は、一体どのように歪むのか。楽しみです。とても、とても。ですがご安心ください。私はきっと、必ず、絶対に……貴方の表情を、詳細に書き留めてみせますとも」

仮面をつけた男が手にしていたのはあくまでもスペアに過ぎない。爆破用魔道具の本命は、この男が持っている物だ。

「タイトルは『女神の悲劇』……いや、『無垢なるカオが歪む時』」

男は恍惚の表情を浮かべ、爆破用の魔道具を起動し――――、

「――ひれ伏しなさい」

凛とした声と共に、男の全身に重力が叩きつけられた。

「――――！」

手から零れ落ちた起爆用の魔道具は重力によって押し潰され、完膚なきまでに破壊される。追撃するように、鎖が体を拘束していく。全身を押さえつけられているかのような力を受け、拘束されながらも膝を折らぬ男は、ゆっくりと声の主へと顔を向ける。

「おやおや……無粋とはこのことですねぇ」

風に揺れる金色の髪。

傍に妖精族のメイドを引き連れ、世界に堂々と君臨せし一人の少女。

「――アリシア・アークライト。お初にお目にかかります」

☆

重力魔法による圧迫を受けながらも、男は膝を折ることなく佇んでいる。

これはアリシアにとってもあまり経験したことがなかった。目の前の敵がそれだけ得体の知れない力を持っているという事実だけがそこにある。
（マリア）

（……はい。確かに、私の暗器による拘束は成功しております）

視線と小声の会話で、マリアによる拘束が機能していることを確認する。

それでも、敵は涼しい顔をしたままだ。

「わたしは貴方みたいな無気味な人とは、お目にかかりたくなかったけどね」

「つれないですねぇ。……ですが、興味深い。一体どうやってこの場所を突き止めたのですか？」

「リオンたちの戦いの様子を眺めている気配を感じ取った。それだけよ」

「なるほど。情報通り、随分と高い能力を持っているようですね。貴方の姿が見えないことは妙だと思っていたのですが……私を探し当てるためでしたか」

「脅迫の時、貴方も起動用の魔道具《マジックアイテム》を持っていたことをノアから聞いてたの。だったら、貴方を押さえるのも当然でしょう？」

「素晴らしい。実に素晴らしいですね、貴方は」

くつくつと笑う男に対し、アリシアは鋭い眼差しを向け続ける。

「…………率直に聞くわ。あの仮面、見たところ対象を操る能力のようね。アレも貴方の力なんでしょう？」

「ええ。貴方に負けず劣らず素晴らしいでしょう？　私の『魔法』は」

「嘘つき」

男の表情が、ほんの微かに揺らぎ、固まる。それは一瞬のことでしかなかったが、アリシアは見逃さなかった。

「魔法ですって？　嘘つきにも程があるわよ、貴方。アレは――――『権能』でしょう？」

「おや。これはまたおかしなことを。私のような者が、貴方たち王族から権能を与えられるとお思いで？」

「わたしたちからは与えられなくとも、『邪神』からなら与えてもらえるんじゃないかしら？」

今度こそ。

男の顔から、笑顔が消えた。

「ほぅ……なぜそう思ったのです？」

「『支配』、『団結』、『野生』、『神秘』……あの仮面からはそのいずれにも属さない気配を感じたわ。だとすれば、考えられる可能性はそれらに属さない、未知の『権能』が存在するということ。そして、そもそも『権能』は邪神を倒すために神様から与えられたものよ。逆に言えば、邪神から『権能』を与えられることだって出来るはず。あとの決め手は……」

アリシアは男に対して、自信を漲らせた表情を見せる。

「勘よ」

一瞬の静寂が、空間に満ちた。

やがて、

「ふ、ふふふふっ……はははははっ！　勘ですか！　良いですね、良い！　素晴らしいですよ、アリシア・アークライト！　貴方という人は、実に素晴らしく面白く、そして愉快で痛快だ！」

ひとしきり笑った後、男は指を鳴らす。それを合図として、突如として空中から何かが急降下してきた。鷲の頭と翼、そして獅子の下半身を持つその獣は、グリフォンと呼ばれる幻獣だ。アリシアの知るグリフォンと異なる点は、その顔に仮面をつけているという部分だ。

グリフォンが齎す魔力の波動による衝撃波と、男本人が巻き起こす魔力の衝撃によって、鎖が引き千切られアリシアの『空間支配』によって生み出された重力の拘束が緩み、突破されてしまった。

「アリシア様！」

マリアが咄嗟に、暗器に刻まれた術式を起動させ、結界を構築する。襲い来る様々な衝撃からアリシアを護り抜くが、敵は解放されてしまった。

「ご無事ですか」

「ええ、大丈夫よ。ありがと。……にしてもあの仮面、幻獣まで操れるようね」

男は颯爽とグリフォンにまたがると、優雅に一礼してみせる。

「リオン君共々、気に入りましたよ。アリシア・アークライト。私の筋書きをかき乱してくれた貴方へ敬意と、遊戯《ゲーム》に見事勝利した報酬として……答え合わせをいたしましょう」

翼の羽ばたきで、グリフォンが空に舞い上がっていく。

男が離脱しようとしていることは明らかだったが、アリシアもマリアも手を出すことが出来なかった。ここで下手に戦闘を行えば、確実に民が巻き添えになる。引き下がってくれることは、アリシアたちにとっては都合がいいというのは確かだ。

「私の名はアニマ・アニムス。お察しの通り、邪神様より『裏の権能』を授けられし者……司りし属性は、『従属』でございます。以後、お見知りおきを」

アリシアと男……アニマ・アニムスとの視線が交錯する。

「此度は貴方に免じ引き下がりますが、これで終わるとは思わぬこと。私が綴る筋書きは、これからが面白いんですから——————では、ご機嫌よう」

第二話　人間界の王、見せつける姫様

意識を失った仮面の男を捕らえた直後、俺たちの視界が捉えたのは天から降下してくるグリフォンの姿だった。何者かを乗せたグリフォンはそのままどこかへと飛び去ってしまった。俺は姫様のもとへと急ぎ駆けつけ、彼女が無事であることを確認すると心の底から安堵した。

いきなりグリフォンという幻獣の出現に人々はざわついたものの、王族たちの協力により脅威は撃退することに成功したという情報を速やかに拡散。更にはレイラ姉貴がステージで広く伝えてくれたおかげで、今ではそれも収まりつつある。

治安部の一員として俺も姫様も事態の収拾に駆り出され（ステージや街に仕掛けられた爆弾も、姫様の空間把握能力によって全て見つけ出し、回収することに成功した）、全てが終わった頃にはすっかり夜になってしまっていた。特に俺たちは直接相手と関わったので、報告書もまとめなければならなかった。これを後回しにすると今後の対応が遅れてしまうからだ。

「……ノアのやつ、こき使ってくれるわね」

事後処理を終えた俺と姫様は学院の中庭にあるベンチに座り込んでいた。これからあの屋台の人混みを歩いていくだけの体力がどうにも残っていない。特に今日は戦闘もあったのが大きいだろう。

「ははは……俺たちはここの学生で、治安部にも入っていますからね。ましてや姫様は王族で、この島の主の一人です。仕方がありませんよ」

「それはそうだけど……せっかくのお祭りなのに、残念だわ。リオンとデートが出来なくて」

街の方の盛り上がり、その微かな熱気がこちらにも伝わってくる。

仕事が終わった後なら俺たちも向こうでその熱気に混じっているはずだった。

「厄介なことになりましたね。『裏の権能』。『邪神』より力を授かった者たち……」

アニマ・アニムスと名乗った男による襲撃は、姫様のこれからにも関わってくるものだ。

いずれ魔界から何かしらの指示が出るかもしれない。それによっては姫様の今後も変わってくる。

いや、姫様だけじゃない。俺も…………。

「そうね。魔界でも対策は練られることでしょうけど……今、ここでわたしたちが考えてもそれこそ仕方がないわ。何しろ相手の情報が少なすぎるもの。だから……」

「『今を楽しみましょう』……ですよね？」

「そうよ。あら、ふふっ……わたしの言いたいこと、分かったのね？」

「姫様との付き合いは長いですからね」

何しろ生まれた時からずっと一緒にいるんだから。……まあ、姫様の奔放さには未だに振り回されているけど。

不意に、姫様の手が触れる。そのまま彼女は俺の指に、自分の指を絡ませてきた。

仄かな温もり。優しい温もりが、伝わってくる。心臓の鼓動がドキドキと音を立てている。隣に座っている姫様に聞かれてしまいそうなぐらいに、大きな音だ。

「リオン。わたしのリオン」

彼女は愛おしそうに、俺の名を呼ぶ。

そんな彼女が、たまらなく愛おしい。

「わたしと、踊ってくれる？」

「踊りですか？」

「そ。わたしたち、お祭りには参加出来ないけれど……でも、せめてちょっとぐらい、楽しい思い出を作っておきたいじゃない。うん。思い出作りよ、思い出作り」

思い出作り。俺にとっては、微かに違和感があった。

いつもならそのまま頷いていたが、ここ最近の姫様はどうも様子が少しヘンだ。

焦りもそうだし、ノア様と何を話したのかも教えてくれない。今だって、不安のようなものを抱えている。

「…………ダメ、かしら？」

「ダメじゃないですよ」

それでも、これで彼女の中にある不安が少しでも和らぐのなら。

「俺でよければ、いくらでも」

「あなた以外と踊る気なんてないわ」

微笑んで。姫様と俺は、中庭の中にある噴水の前に立った。

「あ、でも。俺って、踊りの経験なくて…………」

「ふふっ。大丈夫よ。わたしがリードするし、手取り足取り教えてあげるから」

「…………お手柔らかにお願いします」

姫様に教わりながら、少しずつ、ぎこちなく、ステップを踏んでいく。

あまりに拙く、たどたどしい。美しく華麗な姫様と俺では、あまりにも釣り合わない。

それでも。

「上手よ、リオン。そのまま、わたしに委ねて」

「は、はい」

それでも、やっぱり――――俺は姫様が好きだ。

釣り合わないと分かっていても、この気持ちは抑えきれない。傍に在りたいと思い続けてしまう。

(『裏の権能』……『従属』の属性……アニマ・アニムス……邪神……)

邪神から力を授かった奴らがあの男だけとは限らない。姫様たち四人に対して、同じように敵にも複数の権能があってもおかしくはない。つまり最低でも、あのアニマ・アニムスのような連中があと何人かはいることになる。

――――敵が姫様を狙った時、果たして俺は……脆弱な人間でしかない俺は、彼女を護り切ることが出来るのだろうか？

「リオン」

姫様の声で、我に返る。

「わたしを見て」

「姫様……？」

「今だけでいいから……わたしだけを見ていなさい」

聞き覚えのある言葉。この学院に入学した時、魔界の姫たる彼女の傍に人間がいることを疑問に思った周囲の目線。それを気にしていた俺に、姫様が発した言葉だった。

けれど、今回は前とは違った。姫様はいきなり俺の身体を引き寄せたかと思うと、そのまま唇を触れさせてきた。一瞬の、不意打ちのようなキス。すぐに離れると、彼女の頬が真っ赤に染まっているのが見えた。

「…………どう？　わたし以外に、何か見える？」

「…………姫様しか目に入りません」

「そう。それなら、よかったわ」

プロポーズされた時もそうだったけど、恋人になろうと婚約者になろうと、結局姫様にはいいようにされている気がする。

その後も俺たちはしばらく踊り続けた。

たった二人だけの、ささやかな時間。夜空に浮かぶ星のように、その時間は俺たちの中で燦然と煌めく思い出となった。

☆

「────以上が、今回起きた騒動の報告です」


楽園島内。人間界王族の屋敷。

その室内で、リオンたちがまとめた報告書を読み終えたノアはソファーに腰かけている一人の少女の反応を窺う。少女は静かに、ノアの言葉に耳を傾けている。

「『裏の権能』。その存在は、予見されていたことではありました。ですが彼らはこれまで、表舞台に姿を現すことはなかった」

「────それが今になって、姿を現した」

少女が静かに、ゆっくりと口を開く。芯の通った凜々しい声が、空気を震えさせる。

「どうやら、何かが大きく動き出しているようですね。……恐らくは、かつての戦争において王族たちの手によって討たれたとされる、『邪神』に関わる何か」

少女の言葉に、ノアは頷きを返す。

「問題は、次に敵がどのような手を打ってくるのか。今は皆目見当もつきません。警戒することしか出来ないというのが現状です。魔界、獣人界、妖精界も、何かしらの動きがあるでしょうが……後手に回ることを前提せざるを得ないのが歯がゆいところですね、お互いに」

「……だからこそ、今は控えて頂きたいのですがね」

ため息交じりの少女の言葉に、ノアはフッと小さな笑みを零した。

「父上の件ですか」

「そうです。人間界の王ともあろう者が、今の時期に楽園島を訪れるなど……」

「責めないであげてください。父上も楽しみにしているのですから」

言いながら、ノアは窓の外に浮かぶ月明かりを眺める。

「死んだと思っていた子が、生きていたのです。自分が殺したと。殺さざるを得ないと、苦渋の決断を下した上で手放した子が、生きていたのです。一刻も早く会いたいと思うのは当然でしょう」

「私としては、『どの面下げて』という言葉を贈りたい気分ですよ」

「それは本人を含めた『皆』が、重々承知していること。故に己が父だと名乗らぬようにするそうです」

ノアの言葉に、少女が静かに瞼を閉じた。その奥にある何かを、しっかりと胸に秘めようとしているかのように。しばらくして、彼女は再び瞼を開く。

「アリシア・アークライト。彼女との話は？」

「今朝の話し合いで、黙ってもらえるようにお願いしてあります……まったくもって恐ろしい方ですよ。リオン君が王家の血筋であることを見抜くとは」

「『お願い』ですか。彼女は、信用できるのですか？」

「勿論。彼女としては色々と複雑な思いがあるようですが」

「……バラされたらそれはそれで仕方がないという顔をしていますね」

「そうでしょうか？」

はぐらかすようなノアの表情に、少女はため息をついた。

「ノア。貴方は、よほど『家族』という繋がりを大切に思っているのですね」

「そうですね。……私が、持っていなかったものだからでしょうか」

ノアの瞳が微かに揺れる。そのことを知るのは、天より彼を見守る月以外にはいない。

だが彼は、すぐにその揺らぎをかき消す。不要なモノだと断じるかのように。

「忙しくなりそうです。これからも私の護衛として、存分に腕を振るって頂きますよ。クレオメ」

「承知しております……まったく。立場にかこつけて、こき使うのがお上手ですね」

肩をすくめる少女――クレオメに対し、ノアはにっこりとした笑みを見せる。

「よく言われます」

☆

二人だけの密かな思い出作りを終えた俺と姫様は名残惜しさがありつつも、屋敷に戻った。帰り道は姫様が差し出してきた手をとり、俺たちは手を繋ぎながら歩いた。少しでもこの時間が続けばいいと願いながら。

「着いちゃったわね」

「そう、ですね」

なんだろう。別に着いたからといって離ればなれになるわけでもない。なんなら同じ屋根の下で一緒に暮らしているのに。今から姫様の手を離してしまうことが惜しくてたまらない。とはいえ、手を離さないわけにはいかないのもまた事実だ。

「ふふっ。嬉しいわ。リオンがこうして、手を離すのを惜しんでくれて。お付き合いする前のリオンなら、『ダメですよ姫様』なんて言いながら離してたもの」

「そ、そんなことありませんよ！　……たぶん」

「いいのよ。かわいいリオン。わたしは今、あなたとこうしているだけでとても幸せだから。でも……そうね。ほんのちょっとだけ贅沢を言うのなら、今度は手を繋ぐのも、キスも。あなたの方からしてくれると、嬉しいわ」

からかい混じりの笑みと共に、耳元で囁いてくる姫様。

くすぐったく、甘く。それでいて俺は、自分が少し情けなくなってきた。

思えば婚約者になってからというもの、アクションはだいたい姫様の方からとっている。キスにしたって、俺からしたことは一度もない。全部姫様からだ。……ああやってちょっと強引に引き寄せてくるのもそれはそれで姫様らしくて俺は好きだ…………なんて思っている場合ではない。

このまま姫様に頼り切りというわけにもいかない。俺の方からするぐらいの気概は持っておかなければ。…………とはいえ。とはいえ、だ。意気込んではみたものの、俺の中では未だに遠慮のようなものがあるのかもしれない。何しろ相手は魔界のお姫様。やがては魔王になるお方。そんなお方とこうしてお付き合いさせて頂いている状況というのがまず奇跡といっても過言ではなく、それでいて俺のような人間が彼女に触れてもいいのだろうかという考えも働いてしまう。だから彼女からの分かりやすいお許しに甘えてしまう。

でも……このままじゃいけない。彼女に甘えっぱなしなのは嫌だ。

「が、頑張りますっ！」

決意表明をかねてぐっと拳を握ると、姫様はくすっと笑ってくれた。

そのことにちょっとだけ安堵しながら、名残惜しくも手を離し、屋敷の扉を開ける。

先に屋敷に戻ったマリアが既に色々と支度をしてくれているはず――――、

「リ――――オ――――ン――――！」


華やかな香りのする何者かが、顔に直撃した。反射的に構えようとしたが、それが見知った人と知り思わずされるがままになってしまう。

「れ、レイラ姉貴!?」

「そうよ、リオン！　アタシよ、レイラよ！　ちょっと見ない間に逞しくなっちゃったんじゃない!?　あー、カワイイー！　なんてカワイイのかしら！　ていうか寂しかった！　アタシ、チョー寂しかったんだから！　『四葉の塔』の事件の時って、そんなに話せる時間がなかったじゃない!?　今日だって色々あってゆっくりお話しすることも出来なかったし、リオンが帰ってくるのをずっとずーっと待ってたんだから！」

俺のことを抱きしめながら心配のお言葉をかけてくれるレイラ姉貴。

あまりの勢いに戸惑ってしまうものの、こうして真っすぐな愛情を向けてきてくれるこのお方がいたからこそ、魔界での生活に寂しさを覚えることもなかった。

「お帰りなさいませ、アリシア様。リオン様」

「ただいま、マリア。遅くなってごめんなさいね」

「お気になさらず。レイラ様が色々なお話をしてくださってたので、退屈はしませんでした」

「どんなお話だったの？」

「ざっくりまとめますと、『リオンが可愛くてアタシがヤバい』とのことです」

「ああ、いつものね」

マリアからの報告を聞き、姫様は慣れた様子で肩をすくめる。

確かに魔界だと毎日がこんな調子だった気がする……。

「そうだレイラ。知り合いに貴方のファンがいるから、後でサイン貰えるかしら」

「構いませんよ～。それより……リオン～。今日はアタシと一緒に寝ましょうね～」

「いや、レイラ姉貴。流石にそれは」

「あら～。なぁに？　恥ずかしがってるの？　ちょっと前まで一緒に寝てたじゃない」

「それはもっと小さな頃の話で…………」

「アタシからすれば、今でも可愛いリオンなんだから。ふふっ。楽しみね～」

……くっ。ダメだ。レイラ姉貴の、この嬉しそうな表情…………。こ、断り切れない。

「ふぅ～ん？　リオン。あなた、レイラとは一緒に寝るの。わたしとは寝てくれないのに？」

姫様からの視線が冷たい……。

口には出していないのに心を読まれたかのようだ。姫様の勘の良さがここにきて俺に牙を剝いている。かと思うと、姫様はレイラ姉貴から引きはがすように俺の腕をとり、抱き寄せる。

「……レイラ。もう聞いているでしょ。リオンはわたしの婚約者になったんだから」

「ええ、聞いてますよ。いやー、ホントおめでとうございます！　あの時はもう四天王の皆でこっそりお祝いしてたんですから」

そんなことしてたの!?

「ありがと」

「いえいえ。嬉しいのはアタシたちも同じですから」

「だったら分かるでしょ？　リオンはわたしと寝るのよ」

「いっそのこと三人一緒はどうですか？」

「だめ。リオンはわたしのなんだから」

当事者である俺を放置してどんどん話が進んでいく……。

「魔界のアイドルをここまでデレデレにして、あまつさえ甘やかされるとは……リオン様。ファンの方々に八つ裂きにされないようにご注意ください」

「怖いこと言うなよ……」

「ではここで一つ豆知識。ローラ様の風魔法は、分厚い鉄板を二秒とかからず細切れにすることが出来るそうです」

「お前なんで今その豆知識を披露した!?」

「特に他意はありません。ああ、これもまた特に他意はありませんが、レイラ様のサインは、明日の朝一でローラ様に取りに来て頂きましょうか?」

「俺に八つ裂きになれと!?」

「特に他意は……フフッ……ありませんとも」

コイツ、面白がってやがる……!

☆

「で、レイラ。貴方、一体何しに来たのよ」

レイラ姉貴を客間に案内した後、姫様は対面のソファーに腰かける。不機嫌そうにしながらも、その顔は既に何かを摑んでいることが俺には分かった。

「……まさか、ただお祭りでライブをするためだけに、島に来たってわけじゃないでしょう?」

「あ、やっぱ分かっちゃいます?」

「当然よ。でも、理由は知らないわ」

「言ってませんから」

「言わずとも当ててみせましょう。そうね……人間界の王様が、楽園島を訪れるんじゃないかしら」

「…………相変わらず、おっそろしい勘ですねぇ……ちなみに、どうして分かったんですか？」

「魔界の姫にして島主の一人であるわたしにも秘密にしてるということは、それだけ大物に関わる何か。わたしたちより上といえば自然とどこかの種族の王様に関することに限られるわ。で、仮にお父様のことだとしたらまずわたしに連絡がくるはず。けどそれがないってことは、残りは人間族、獣人族、妖精族の三つ。『四葉の塔』の件のことを考えると、獣人族と妖精族側が今の時期に楽園島を訪れることは考えにくい。とすれば、残りは人間族側の王様に絞られるもの」

「お見事です。流石は姫様ですね」

「世辞はいらないわ」

「…………？」

あれ。なんだろ……。

今、姫様の顔がほんの一瞬、強張ったような。……気のせいだろうか？

俺が首を傾げていると、姉貴は苦笑しつつ、ティーカップをテーブルの上に置いた。

魔界のアイドルとしてのものではなく、魔王軍四天王としての表情を浮かべる。

「姫様の仰る通り。明日、人間界の王がこの楽園島を訪問することになっています。この情報は人間界側の島主……ノア・ハイランドとその護衛にのみ伝わっています。『四葉の塔』の一件もあってこのことはギリギリまで伏せておくことになっていました。アタシがお祭りのライブに参加したのも、人間界の王族の警護という本来の目的をカモフラージュするためです」

「で、わたしたちに情報を直に伝える役割を貴方が担っているというわけね。確かに、魔王軍四天王なら途中で誰かに捕まることもないだろうし、伝達役としてはうってつけね」

「伝える前に、姫様に当てられちゃいましたけど。ああ、それと獣人族側と妖精族側には、今日のライブの合間にお伝えしておきました。……いきなり目の前で倒れられた時には、どーしよーかと思いましたけどね。ローラ様って、面白い方なんですねぇ」

姫様と俺は思わず顔を見合わせ、「あのお姫様は……」と二人そろってため息をつく。

「……まあ、とりあえず人間族の王様の件は分かったわ。それで、その王様が島に来たら、わたしたちは何をすればいいのかしら？　おもてなしなら、ノアがやるだろうし」

人間界の王様がいくら秘密裏に移動しようが、到着してしまえば隠しきれるものではない。何しろ『団結』の権能を持つ人間界の王には『アレ』もついてくるはずだ。『アレ』は嫌でも目立つ。

「『普段通りにしていてほしい』とのことです」

レイラ姉貴の伝言に、俺は思わず目を丸くする。

「…………あの、レイラ姉貴。それだけ、ですか？」

「ええ。それだけよ。アタシにもサッパリなんだけど」

どうやら何かを隠しているわけでも何でもなく、本当にそれだけらしい。

「………………………」

頭の中にハテナマークを浮かべている俺をよそに、姫様は何かを考え込んでいる。

この伝言に姫様は何か心当たりでもあるのだろうか。

「姫様？」

「ん……なんでもないわ。大丈夫よ、リオン」

考え事を中断し、笑顔を見せてくれる姫様。だけどその笑顔は、いつもと比べるとどこかぎこちない。ここは何か話をして流しておくか。

「でも、急な話ですね。今の時期、いきなり楽園島に来るだなんて」

「……今の時期だからこそ、かもしれないわよ。『四葉の塔』の一件は、『楽園島』を揺るがすには十分だったわ。偽物とはいえ、邪竜だって現れたんだもの。だからこそ、王の威光を外の敵に対して知らしめる必要があるのよ。そのためには、あの人間族の王様の『権能』と『アレ』は派手で目立って分かりやすいし」

と、姫様は俺に説明してくれた後、

「………もしかすると、それだってただの口実かもしれないけど」

俺には知りえない『何か』を抱えたその一言が、やけに耳に残った。

☆

人間族の王様を乗せた船が到着したのは、翌日のことだった。

水を自在に操るレイラ姉貴にとって海の移動は地面の上を走るよりも容易いことだ。夜の闇に紛れて深海を通り、王を乗せた船に合流。島に到着するまでの護衛を立派に果たした。その後、姉貴はすぐに魔界へと戻った。祭りを狙ったアニマ・アニムスたちへの対応の件もあるのだろう。

そして王が到着したことで俺と姫様が何をしていたかというと——特に何もしていなかった。レイラ姉貴を通じた伝言で、「普段通りにしていてほしい」とあった。それに従い、今日も今日とて学院で普段通りの生活をするようにした。

とはいえ、その学院はというと人間界の王の訪問によってざわついている。浮足立っているといってもいい。『四葉の塔』での事件で種族間の対立なんてものもあったが、神より『権能』を授かった王族は世界的にも特別な存在であり、邪神に立ちむかった英雄でもある。魔王軍四天王の方々がそうであるように英雄視されている（そういった事情があるからこそ、種族間対立の一件では権能を授かった王族であるデレク様とローラ様がトップに祭り上げられたのだが）ので、無理もない。

浮ついた空気がありつつも学院での日常は恙《つつが》なく進行し、放課後の時間が訪れた。

生徒たちは皆が楽園島の港に停泊している王船を見物しに行くべく、急いで荷物をまとめている。

そんな中、姫様は優雅にゆっくりと教科書などの荷物をまとめていた。

「……今日は騒がしい一日だったわね」

「『権能』持ちの王様なんて滅多にみられるものじゃないですからね。俺も興味はありますよ」

「リオン様は、人間族の王に興味があるのですか？」

「王様に興味があるというより……あの船に乗っている精鋭たちかな」

「精鋭……？」

マリアが首を傾げる。それを受けて、教科書を鞄に詰め終えた姫様が口を開いた。

「人間族の王族が持つ権能の属性は『団結』。権能の『保有者《ホルダー》』の数だけ、魔力を強化する力……

あの王船に乗り込んでいるのは、人間族の王から権能を授かった『保有者《ホルダー》』たちの中でも、上位の実力を持つ騎士たちの集まり……『団結の騎士団《ユニティーナイツ》』」

「数は全部で五十人。……そのたった五十人だけで、国一つ落とすことも出来るんだそうだ」

人間族の『団結』属性が有する魔力の強化という能力は、シンプルながらその実かなり強力だ。

魔力とはエネルギー源。体力的な面でもそうだが、魔法という強力な武器を扱うための力でもある。

それが強化されるということはすなわち安定性に繋がり、安定性とは即ち強さに繋がる。

「元々実力のある者達を『団結』の権能で更に強化する……単純ながら、いえ。単純であるが故の安定した強さ。流石は王直属の騎士団といったところでしょうか」

「ああ。彼らは王を護ることを得意としているっていうからな。俺も姫様の護衛として、学ぶべき点は沢山あるだろうし」

「確かに……私も、人間界が誇る最高峰の戦士たちには興味があります」

俺は姫様にチラッと視線を移す。……護衛の身としては、姫様とそうホイホイと別行動をとるわけにもいかない。

「リオン。わたしにおねだりしてくれているの？」

「えーっと……はい。姫様に、おねだりしています」

護衛の身としてはあまり良くないことだというのは自覚している。俺の中にある好奇心を優先させるなんてあってはいけないことだ。だから、ここで姫様が断ればそれはそれで仕方がない。

……………前までなら、こんなおねだりをすることもなかったな。今こうしているのはきっと、彼女と婚約者に……恋人になったからだろう。だからこうして甘えてしまった。

「いいわよ。素直でカワイイ、わたしのリオン」

「ありがとうございますっ！」

やった、と内心で喜んでいると、俺の方をじーっと見ていたマリアが、

「……なるほど。リオン様は、そうやってアリシア様を誑《たぶら》かしているのですね？　純粋そうな顔をしながら、中々の手際。流石です」

「人聞きの悪いことを言うなよ。俺は別に姫様を誑かしてなんか……」

「あら。わたしはリオンになら喜んで誑かされるけど？」

「姫様!?　それ結構返答に困る発言ですよ!?」

慌てていると、姫様がくすっと笑みを零した。……それを見て、俺はほっとしてしまった。ここ最近の姫様は様子が少しおかしかったから、こうして笑った顔を見せてくれてよかった。

「それじゃ、行きましょうか。人間族の王様ご自慢の、聖騎士団を見物しに」

姫様の言葉に、俺とマリアは静かに頷いた。

☆

王族専用魔導船は、その威光をしらしめるかのように堂々と港に停泊していた。

周りは、有名な『団結の騎士団《ユニティーナイツ》』の面々を一目見ようと集まった生徒達で賑わっている。

「あれは、魔導船ですか。確か風の力を必要とせず、魔力で動き海を進む……限られた数しか配備されていないと聞いています。王族専用船に採用されるならば頷ける話ですね……これを見られただけでも、今日はここに来てよかったです」

魔導船も一種の魔道具《マジックアイテム》。数々の暗器を操るマリアからすれば、興味を惹きつけるにたる代物だったのだろう。

「ねぇ、リオン。あれって、そんなに珍しいものなの？　魔王城《ウチ》に来ればいつでも見られるものだけど」

「姫様は知らなかったかもしれませんが、実は珍しいものだったんですよ」

「そうだったの……解体《バラ》したり改良したり、オモチャにしてたから気づかなかったわ」

「アレド兄さんが苦い顔をしてた時点で気づいてほしかったです」

まずあの船を一人で解体してしまう時点で姫様がおかしいのだが、そこは触れずにおこう。

「魔導船を……解体、ですか……」

マリアが凄く複雑そうな顔をしている。武器マニア《マジックアイテム》のこいつからしたら色々と思うところがあるのだろう。

「ま、そのうち魔界に帰ることもあるだろうし、その時は存分に見学していくといいわ。楽しみにしていなさい」

「はい。その時を心待ちにしております」

武器マニアな一面をのぞかせたマリアは、姫様に笑いかけた後に真剣なまなざしで魔導船を観察し始めた。……珍しくマトモだな。いつもならここで……いや、よそう。こいつだって成長しているし、学習もしているんだろう。むしろ俺も、そろそろコイツに対する偏見を棄てる時なのかもしれない。

「…………潮風にあたりながら椅子になるというのも……いいかもしれませんね」

ぼそっと聞こえてきた言葉は無視するものとする。

「……っ」

ほんの僅かではあるが、空気の流れが乱れた。……人の動きではありえない、どことなく荒々しい獣のような乱れ方……魔界で覚えがある。楽園島に来る前に戦った、暴走したコカトリスと同じ感覚だ。

「姫様、何か来ます！」

そんな俺の嫌な予感を示すかのように、咆哮が響き渡る。

俺は咄嗟に聞こえてきた咆哮から姫様を護るように立ちはだかり、その『何か』に備える。隣では同じくマリアも服の隙間から取り出したであろう暗器を構えて姫様のガードを固めていた。

次の瞬間、海が蠢き、水柱がぶち上がった。咄嗟に姫様を庇いつつ、脅威と思われる方向に視線を向ける。そこに姿を現したのは――――深海にすら耐えうる強靭な鱗を纏う、無数の海竜。一体や二体どころではない。ざっと見たところ数十体の海竜が、この港を取り囲んでいた。

周囲の生徒達は慄き、港から避難しようと一斉に走り出す。理解できる行動だが、俺にとっては不都合だ。人混みが急激に動き出したせいで、流されそうになり動きが制限される。それはつまり、姫様を護りにくくなるということだ。

「姫様！」

この状況を想定していないわけではない。俺は迷いもなく姫様の身体をこの手で抱き寄せる。最も避けたいのは姫様とはぐれてしまうこと。それを避けるための行動をとるのがこの状況における正解の一つだろう。幸いにして、この場にはマリアがいる。彼女の暗器ならば柔軟に敵の攻撃に対応できるはずだ。俺は姫様を離さないことに専念していればいい。

「グオオオオオオオオオオオオオオオオオッ！」

咆哮と共に、海竜の一体が口から巨大な水の魔力の塊を吐き出した。

マリアが暗器の一つであろうクナイを放ち、結界を構築するが――――結界に触れる前に、水の塊が消滅した。

「今のは…………」

俺が視線を向けたのは、王族専用魔導船。

その甲板に現れた、『団結』の権能を与えられし精鋭たちの魔力。

「もしかして、あれが？」

マリアの問いに、俺は静かに頷いた。

「……『団結の騎士団《ユニティーナイツ》』だ」

ここからでは姿を見ることは出来ないが、魔力だけは感じ取ることが出来る。だから分かる。彼らの魔力がいかに膨大であるか。そして、一人だけ別格の魔力を持つ者がいるということ。……なぜかは分からないが、俺はその別格の魔力にどことなく惹きつけられる。

「……リオン。わたしのリオン」

姫様の声で我に返り、気づく。周囲の人だかりはすでに緩和されており、そうなってもなお、俺は姫様の身体を強く抱きしめたままだったということに。

「す、すみません姫様っ！」

「気にしないで。むしろ嬉しかったもの。こんなにも強く抱きしめてもらうなんて……ちょっと、ドキッてしちゃった」

嬉しそうに微笑む姫様。逆に俺の方がドキッとしてしまいそうになるが、今は非常時だ。

「………リオン」

魔導船に目を向けた姫様が、ポツリと呟く。

「気になるなら、あの船に乗り込んでみましょう」

彼女の言葉は、まるで俺が魔力に惹かれていることを見透かしたようなものだった。

「わたしはここの島主なんだもの。あの海竜たちの相手をする必要もあるでしょうし……あの騎士団と合流して連携をとった方が、効率がいいでしょ？」

「………分かりました」

それっぽい理屈までつけてくれる姫様に甘えて、マリアと視線を交わす。

「承知しました。私もお供いたします」

意思を統一した俺たちは魔導船を一気に駆け上がり、甲板に到着する。まるで俺たちを歓迎するかのように容易く駆け上ることが出来た。

そんな俺たちの先にいるのは、白銀の魔力を纏いし聖なる騎士たち。

彼らは無数の海竜を前に臆することもないまま、冷静に敵と相対している。

そんな彼らの中に、別格の魔力を持つ者が一人。

年齢は四十代前半といったところだろうか。黒い髪に鋭い眼光。高貴かつ荘厳な雰囲気を漂わせた、一人の男。この人だ。なぜか惹きつけられてしまう、質の違う魔力の持ち主は。

「……ッ！」

海竜たちが一斉に咆哮をあげ、一度に膨大な魔力を秘めた水の塊を構築する。

（あんなものを一斉に撃ち込まれれば、港が吹き飛ぶぞ……！）

傍で姫様が魔力を練り上げるのを感じた。おそらく『空間支配』の『権能』によってこの場を制圧しようというのだろう。

「――――討ち落とせ」

姫様が動き出すより早く、黒髪の男が告げる。騎士団が一斉に行動を開始した。

それぞれが『団結』の権能によって増幅された魔力を解放し、巨大なエネルギーの刃を構築。それを斬撃として、一斉に解き放った。水の塊は全て斬撃によって霧散したかと思うと、その時には既に騎士たちは動き出し、全ての海竜に飛び掛かっていた。

流れるように強化魔法をかけられ、更には魔法攻撃による援護も始まる。すべてが一致し、噛み合ったタイミングで為された連係攻撃は見事に海竜たちを開幕から圧倒していた。その隙に後方に待機していた騎士たちが発動に時間を要する高位魔法の準備に入っている。

「……っ。凄まじいですね。これほど強大な魔力の使い手が集まれば、いくら訓練されているとはいえ多少なりとも綻びや波が生まれるものですが……そういったものを一切感じません。『完璧』という言葉がこれほど嵌る集団があるとは……」

「同感だ。俺もこうして生で見るのは初めてだけど……敵には回したくないってのが率直な感想だ」

恐ろしいまでに統率された嵐。圧倒的な攻撃力が完全に制御されている。数の暴力とはまさに彼らのことを指すのだろう。

攻撃も防御も兼ね備えた集団。

最後に高位魔法による広範囲攻撃によってとどめを刺し、ものの数分もしないうちに海竜を全滅させてしまったことを確認すると、黒髪の男は何事もなかったかのように俺たちの方に振り向いた。

「待たせてしまったな。客人に対し、背を向けたままであったことを詫びよう……魔界の姫。アリシア・アークライト」

「いいえ。こちらこそ、勝手に船に乗り込むようなご無礼をお許しください……シルヴェスター・ハイランド王」

姫様は優雅に一礼してみせた。それに対し、シルヴェスター王は微かに首を横に振る。

「構わんさ。一体だけでも街を消し飛ばしかねない海竜共の群れが、突如としてこの港に現れたのだ。君は『権能』を授かった王族……この島の主の一人でもある。迎撃のため、我らとの連携を試みるのは正しい判断といえる。何より、君の『権能』を発動するために敵を一望するには、この甲板が最も適していただろうからな」

　そしてシルヴェスター王は、俺に視線を向ける。途端に、どこか居心地が悪くなってきた。というのも、彼の視線がなぜか俺のことをじっくりと観察するようなものに感じたからだ。

「君は…………」

「も、申し遅れました。姫様の護衛を務めております。リオンという者です」

「そうか。君が…………」

「…………？」

　な、なんだろう。この沈黙。どことなく、気まずい。姫様も姫様で何も言わないし……いや、むしろこれは……。

「…………『四葉の塔』の一件は既に報告を受けている。君の活躍には、いつか礼を述べねばと思っていた」

「自分はただ、すべきことをしただけですので……礼を述べられるようなことなど」

「何を言う。君たちは敵の企みを暴き、『楽園島』の平和を護った。当然のことだ」

「――――シルヴェスター王」

　不意に、姫様の声がシルヴェスター王の言葉を遮った。

「ご歓談は、脅威を完全に退けてからにいたしましょう……どうやら、悪足掻きが始まるようです」

　次の瞬間、海に巨大な水柱がぶち上がった。

「――――オオオオオオオオオオオオオオオオオオッ！」

中から現れたのは、先ほどまでの海竜より一回りも大きく、全身の鱗が漆黒に染まった海竜だった。さながら邪竜の海竜版とでもいうべきか。

「なんだアレは？　見慣れぬ個体だな」

「……不自然な海竜の大量発生に、この邪竜に似た個体。おそらくは昨日の祭りの際に現れた『敵』が仕向けたものでしょう」

「成程な……であれば、ここは我が威光を示さねばなるまい。この『楽園島』は……種族間で築き上げた平和は、決して崩させぬとな」

「それには及びません」

姫様の視線を感じた俺は、それを合図として既に飛び出していた。

「――あの程度の敵ならば、わたしのリオンが片付けますから」

焔を纏わせた拳を、漆黒の海竜の頭部へと一気に叩き込む。

水の力を有しているであろう鱗は、紅蓮の焔によって焼き尽くされ、灰となっていく。

そのまま力尽きたのだろう。漆黒の海竜は、燃え尽きたように倒れこんだ。

空中でそれを見届けた後、俺は自分の手をじっと見つめる。

（……『四葉の塔』での一件以来、少しずつだけどパワーが上がってる）

姫様の期待に応えられたことに嬉しく思いながら、自分の力が少しずつでもついていることに喜びを感じる。

……問題は、ここからどうするかだが。現在俺は海に落下している最中である。残念ながら俺は空を飛ぶことが出来ないのでどうしたものかと考えていると、急に身体が後ろに引っ張られていく。為すがままにされていると、途中で身体の向きが変わり、甲板の上で両手を広げて俺を迎えようとしている姫様の姿が視界に入ってきた。どうやら、彼女の『権能』による空間操作……重力を操ったことによって、空中で自由落下している俺をここまで引っ張ってきてくれたらしい。

「わぶっ」

姫様の胸に飛び込む形となった俺は、彼女に優しく抱きしめられた。

「ん。おかえりなさい、リオン……わたしのリオン」

「た、ただいま戻りました。姫様」

俺を抱きしめてくる姫様だが、心なしかいつもより力が強い。

しかも、既に俺は甲板に着地しているというのに離してくれない。

「あのー……姫様？　そ、そろそろ離して頂けると…………し、シルヴェスター王も見てますし」

「いいのよ。むしろ……見せつけてるんだから」

第三話　二人の戦い、与えたヒント

港を襲った海竜たちを退けた後、また更なる攻撃があるとも限らないので俺たちは船の上に残った。先程の『団結の騎士団』の力を目の当たりにした今となっては、どのような敵が襲ってこようとも負ける気はしない……というよりも、俺やマリアは必要ないぐらいだ。

それでも襲撃の危険性が無いとも言い切れないという場面で王族を放って俺たちはこのまま帰る、というのはあまりにも体裁が悪い。ひとまずこちらに向かっているであろうノア様を待っているのだが、

（な、なんだろ、この空気……）

魔導船の中にある一室。そこでは姫様とシルヴェスター王が向かい合うようにして座っていた。どういうわけか二人の間に流れる空気が……どことなく重い。マリアもそれは感じているのか、時折困ったような視線を向けてくる。が、俺にそんなものを向けられてもどうしようもできないぞ。

「…………………」

「…………………」

姫様もシルヴェスター王も、互いに一言も発さない。

ただの沈黙ならいい。でもこれはただの沈黙じゃない気がする。シルヴェスター王の方はどうかは分からないが、姫様の方は……棘がある、ような。

どれだけの時間が経ったか分からなくなってきた頃。重苦しい沈黙を破るかのように、扉を叩く音がした。

「失礼しますよ」

「………来たわね」

部屋に入ってきたノア様に対し、姫様は依然としてピリピリとした空気のままだ。

「リオン。マリア。あなたたちは、ちょっと外で待っててもらえるかしら。わたし、この二人と話したいことがあるから」

「……分かりました」

「承知しました。アリシア様」

あまり姫様を一人にはしたくないが、雰囲気的にそれは出来なそうだ。

王族だけの話し合いの場、ということなのだろう。

俺とマリアは言われた通りに退室する。魔導船の客室は防音がしっかりとしているらしい。中の会話はおろか、物音の一つさえ聞こえない。

「とりあえずここで待機、ということでしょうか」

「そうなるな」

「しかしアリシア様は一体どうなさったのでしょうか。今日は何やらいつもと様子が違いましたが」

姫様の様子は、マリアでも察しがつくぐらいには変わっていたらしい。

「さあな……俺にも分からない」

「リオン様に分からないとなると、私はお手上げですね」

「白旗があまりにも早くないか」

「アリシア様のことを一番よく知っているのはリオン様ですし、アリシア様が一番愛しているのはリオン様ではないですか。そんな貴方ですら分からないとなると、もう私では分かりようがありません」

「…………………」

「……リオン様？」

「………おかしいな。お前にしては真面目すぎる。まさかまた黒マントが化けているとかじゃないだろうな」

「リオン様は一体私をなんだと思ってるんですか？」

「救いようのない変態メイド」

「……やはりリオン様の言葉では響きませんね。ですがここは脳内でアリシア様の言葉に変換し……成程。王族の船でアリシア様から受ける罵倒も中々……乙なモノですね………」

「勝手に変換すんじゃねぇよ」

まさかの新しいオチのつけ方だった。……そもそもの話、姫様は普段からコイツを罵倒なんてしていないというのに。

「……っ。リオン様」

「……分かってる」

どうやらマリアも気づいたらしい。さっきから、俺たちの様子を陰から窺う何者かがいるということに。

「自分は魔界の姫、アリシア・アークライト様の護衛……リオンと申します。こちらはメイドのマリア。今はアリシア様の命によって、この部屋の傍で待機しています。怪しい者ではありません……騎士団の方でしょうか。出来ることなら、姿を現していただきたいのですが」

マリアと視線で合図を取り合い、警戒態勢をとる。黒マントの例もある。『敵』がこの船に忍び込んでいるということもあり得る。

「……流石ですね」

言葉と共に物陰から姿を現したのは……長い黒髪が印象的な一人の少女だった。腰には剣を下げており、どことなくノア様を思い出した。年下に見える程度には小柄だが、どことなく大人びた雰囲気と高貴さ、そして只者ではなさそうな雰囲気を感じる。

「陰から窺うようなマネをしてしまい、申し訳ありません。私の名はクレオメ。人間界の島主……ノア・ハイランドの護衛を務めております」

クレオメさんは優雅に一礼すると、ニッコリとした笑顔で、

「ちなみにノア様と同じ学院の三年生なので……つまり年上です。先輩です。お姉さんです。ただ成長期がほんの少し遅れているだけですので、あしからず」

……どうやら本人的に、身長のことは気にしているらしい。

見た目的には十三歳か十四歳か、そこらぐらいにしか見えない。うっかり「ちゃん付け」とかで呼んで、年下扱いしなくてよかった。

「クレオメさん。貴方はなぜ、私たちを陰から窺うようなマネをなさったのですか？　……私を警戒してのことでしょうか？」

先に問うたのはマリアだ。彼女は元々、『楽園島』を混沌に陥れようとしたナイジェルの手先だった。マリアとしては、疑われるのも無理はないと思っているのだろう。

「違います。……不快な思いをさせてしまったのならば、申し訳ありません。ただ個人的な興味があって、お二人を観察させて頂いただけです。アリシア様は勘が鋭い方と聞いておりますので、こういった機会でもないとじっくりと観察することも出来ないだろうなと思ってしまい、つい……ごめんなさい」

「……お気になさらず。元より、疑われても仕方のない経歴だということは自覚しております。ただ確認をしただけですので」

「気配にも敵意は感じませんでしたし、俺も気にしていません。そこまで謝って頂かなくても大丈夫ですから」

「…………そう言って頂けると助かります」

別に俺たちが、クレオメさんに何かしてしまったという記憶もない。だというのに、向こうからは遠慮というか、恐る恐る接してきているという感覚がある。……いや、遠慮じゃないか。これは。

どちらかというと……後ろめたさ？

「これは私の単純な疑問なのですが……私を警戒したのでなければ、何もわざわざ陰から観察しなくとも、気になることがあるのなら実際に会ってみればよかったのでは？　これまでもこれからも、ノア様が私たちと会う機会は幾らでもあるでしょう。となると必然、護衛である貴方も顔を合わせる機会はあるはずです」

「そうしたいのはやまやまなのですが……こちらにも少々事情がありまして」

ごまかすような、困ったような笑みを浮かべるクレオメさん。

俺たちと顔を合わせることを避ける理由って一体……いや、もしかして……。

「……どうやら中のお話は、まだ時間がかかるようですね」

客室に軽く目を向けたあと、クレオメさんはまた俺たちの方に視線を移す。

「リオンさん。貴方は以前、デレク様と模擬戦をしたことがあるそうですね。ノア様から聞いた話だと……なんでも魔王軍四天王、火のイストール様直伝の対話方法なんだとか」

あの『四葉の塔』事件の際、俺たちは『四葉の塔』を開放する為の四つの『鍵』を集めていた。その内の一つ、獣人族の鍵を持っていたデレク様と、俺の提案で模擬戦をすることになったのだ。というのも、魔界にいた頃、俺が悩んだ時はよくイストール兄貴と拳を交えて相談事をしていたという経験があったのだ。

「実際に戦い、拳を交えることで己の内にあるものを吐き出すだけでなく、互いの理解を深めることができる……。ふふっ。とてもユニークで、初めて聞いた時には思わず笑ってしまいました」

「お、お恥ずかしい限りです……」

あの時は俺もどうかしていた。獣人族側の王族と拳を交えるなんて。

……そういえば、あの模擬戦だったよな。俺が、謎の『権能の焔』を纏えるようになったのは。

未だに力の仕組みというか正体がよく分かってはいないものの、既に姫様を護るためになくてはならない力となっている。

「そんなことありませんよ。結果的に、その行動が『四葉の塔』事件解決に繋がり、獣人族と妖精族の王族同士の和解にも繋がったのですから。……というか、私も興味があります」

クレオメさんは気軽に、跳ねるように、一歩俺の下に近づくと、手をとってきた。

優しく包み込むように手をとってきたクレオメさんはにこやかにしている。

「あ、あの……？」

「お気になさらないでください。私がこうしたいだけですので。ご迷惑でしたか？」

「迷惑ってわけじゃないですけど……ちょっと驚いてしまって」

不思議とクレオメさんの機嫌が良い。俺には理由はサッパリだが……。

「リオンさん。私とも、拳を交えて頂けませんか」

「それはつまり……俺と模擬戦を？」

「はい。……あ、といっても私は見ての通り拳ではなく剣《こっち》を使いますが」

「……客室の護衛はいいのですか？」

「『団結の騎士団《ユニティーナイツ》』のメンバーを配置させますのでご心配なさらず。それに、この船に搭載されている訓練場はここから近いので、何かあってもすぐに駆けつけることが出来ますよ」

「………分かりました。姫様達のお話も時間がかかりそうですし、俺は構いません。その代わり、ここにマリアを残してもよろしいでしょうか」

「勿論です。……では私は、手すきの者を呼んできますね」

言い残して、クレオメさんは通路に消えていく。『団結の騎士団《ユニティーナイツ》』の誰かを呼びに行ったのだろう。

「……リオン様。よろしいのですか」

「よろしいかよろしくないかでいえば、たぶんよろしくないんだろうけど……気になることがある」

周囲に人の気配がないことを確認し、マリアに耳打ちする。

「これまでクレオメさんが俺たちに姿を見せなかった事情……たぶん、俺たちの傍に姫様がいたからだ。逆に言えば彼女は、姫様を避けていることになる。その理由が知りたい」

姫様は勘が良い。クレオメさんが俺たちのことを陰から観察していたら必ず気づく。そうなれば顔を合わせることにもなるだろう。それを避けるということは……どういうわけかは分からないが、彼女は姫様と顔を合わせたくないのだ。姫様と向かい合えば、必ず何かに勘づかれてしまうから。

「なるほど……模擬戦は、その理由を探るチャンスというわけですか」

「そういうこと。だからマリアは、念のため姫様の傍にいてくれ」

「承知しました」

話が終わったところで、通路から二人の騎士を連れたクレオメさんがやってきた。

「お待たせしました。では、参りましょうか」

☆

客室でアリシアが向かい合うのは、人間界の王、シルヴェスター王。そして、人間界の王族、ノア。両者ともに凄まじい実力者であることは一目で理解していた。

この狭い密室で、二対一という数的不利。仮に……仮に、だが。この二人を敵に回して戦闘に入った場合、いかに強大な力と権能を持つアリシアとて無事では済まないだろう。

(それでも……いざという時は、意地でも喰らいついてやるわ)

体内で魔力を練り上げ、そのいざという時に備えて瞬時に『権能』を振るえるように準備だけはしておく。

「……そう殺気立つな。アリシア・アークライト。我らは君と戦う意思はない」

(見抜かれてる……けれど、それぐらいは出来て当然よね)

相手は人間界の王。神より『権能』を授かりし一族の血を継ぎし者。侮ることなどありえない。

「君は、我らに話したいことがあるのではないか？　そのために君は単身ここに残ったはずだ」

「そうですね。わたしも小賢しいことは望みません。単刀直入で行かせて頂きますが……わたしは既に、リオンが貴方の息子であるという限りなく確信に近い推測を立てています。その推測を周囲……特にリオンに対して漏らさないようにしてほしいと、ノアから口止めをされましたが」

しかしそれは逆に、その推測が事実であると暗に認めているに等しい。

「………………………」

シルヴェスター王は沈黙を選んだ。それでもアリシアは構わなかった。

このことに対して答えが欲しいのではないのだから。

「……リオンを魔王城に連れてきたのは、イストールでした。魔界の森に一人でいて、魔物に襲われそうになっていたところを拾ったそうです。……なぜ赤子だったリオンがたった一人で魔界の森にいたのかは分かりません。生まれつき魔力が少ないがために捨てられたのかもしれないし、そうでないのかもしれない。本当の理由は、今のわたしには分かりません。もしかすると、やむを得ない理由があったのかもしれません」

言葉にどこか棘があったかもしれないが、アリシアはそれを隠そうとはしなかった。

「もしかすると、貴方はリオンを愛しているのかもしれない。……そうではないのかもしれない。分かりません。分からないことばかりで、悔しいわ。悔しい……とても」

拳をぎゅっと握りしめる。

こんなにも分からないことがあるのは、アリシアにとっては初めての経験だった。

「だけど、何より悔しいのは……リオンがもし血の繋がった本当の家族に出会って、そっちを選んだとしても……わたしには、止める権利はないということ。リオンが笑顔になれるなら、わたしはその選択を尊重する。だって……」

更に、アリシアは言葉を紡ぐ。

「……わたしは、リオンを愛しているから。愛している人の、世界で一番大切な人の幸福を……邪魔したく、ないから」

顔を上げる。シルヴェスター王を見据える。

ここからは、目を背けるわけにはいかなかった。

今のアリシアには分からないことだらけだ。分からないからこそ、もしもの時のことを考える。

もしもの時に備えておく。

目の前のシルヴェスター王が悪意をもってリオンを棄てたのだとしたら。

だとしたら、目の前の男は必ずリオンを傷つける。

「ノアからリオンの生存を聞いたのか……それとも、『団結』の権能に目覚めたリオンを感じ取ったのか。それも分からない。だけど、もし貴方が今になって『楽園島』に来た理由がリオンを処分するためだとしたら。追放したはずの王族が生存していた事実を知り、その事実をこの世から抹消するためだとしたら。リオンを……傷つけるためなのだとしたら」

決意もある。覚悟もある。

リオンに嫌われてしまってもいい。それでも、彼が傷つくよりはずっといい。

「――――わたしがここで、貴方達を止める」

それからどれほどの沈黙が流れたのか。数分か。数十分か。その間、アリシアは臨戦状態を保っていた。いつでも権能を発動できるように。相手が攻撃を仕掛けてきても、対応できるように。

「……見事な覚悟だ。我ら二人を敵に回すことに躊躇いがない。命を賭してでも我らを止めるという、揺るぎない強き意志を感じる」

シルヴェスター王が見せたのは、

「………彼は……私の息子は、幸せ者だな。これほどの愛を、捧げてもらっているのだから」

儚くも優しい、父親としての微笑みだった。

「……それは」

シルヴェスター王が見せた微笑み。

それを一目見て、アリシアは理解した。彼女だからこそ理解できることがあった。

「……アリシア姫。貴方の勘の良さはこれまで幾度も発揮されてきました。そんな貴方だからこそ、解ることがあるはずです」

アリシアの直感すらも見透かしたかのようなノアの言葉。

そこでようやく、アリシアは臨戦態勢を解いた。ノアに内心を見透かされた感じがしたのは不本意なので、やや機嫌は悪いが。

「君の強き意志と愛情に、言葉を以て返そう。私はリオンを傷つけるために、この島を訪れたわけではない………今更、会う資格も、父と名乗る資格も無いことは承知の上だ」

シルヴェスター王が漏らしたのは、自嘲を含んだ言葉。

「君は無意識の内にこの『世界』そのものを『空間』として認識し、干渉し……『直感』という形で情報を得ているのだろう。これは君が元から持つ素質であり才能なのだろうが、『権能』によって更に強化されている。そんな相手に、もはや隠し事など通用しまい。ましてや、限りなく真実に近い推測まで重ねられているのだ。君には語っておくべきだろう。なぜ我らがリオンを手放したのか」


そうして、彼は語り始めた。

王としてではなく……一人の父親だった者として。

☆

王家が神より授かりし力こそが『権能』。そして、『権能』を他者に与えることが出来る存在……それが『クラウン』。


通常、『クラウン』が生まれるのは一世代につき一人のみ。

たとえ子が何人生まれようとも、『クラウン』となれるのは第一子と決まっている……はずだった。それがどういうわけか、リオンは『クラウン』としての力を持って生まれてきた。その力は既に第一子が授かっていたにもかかわらず。

これがまだ獣人族や妖精族、魔族であったならば喜ばれていたのかもしれない。

しかし、リオンは人間だった。『団結』の属性は他者との繋がりを必要とする。人を必要とする力。それ故に、人のしがらみこそが一つの弱点でもあった。

王位継承権にも等しい『クラウン』の力を持つ者は『団結』の権能を強めるために様々な人材を集める必要がある。これはある種、派閥が生まれてしまうことにも等しい。本人が望む望まないにかかわらず、王座を巡り混乱が生まれることは予想できていた。

これを避けるためにシルヴェスター王がとった方法が――――、

「……リオンの存在を、王家から抹消することだった」

第二子は死んでしまったことにして、王家とはかかわりのない別の土地で暮らしてもらう。それが王家の選択だった。当然、『権能』と『クラウン』の力を持つという事実は本人に伏せたまま。万が一のために監視もつけることになるだろう。

辛い選択ではあった。これが最良の選択とも思えなかった。それでもシルヴェスター王は、リオンという『例外』を隠し通すことで平穏を護る道を選んだ。

元々、ハイランド王家の子供たちは十歳になるまで公の場に姿を見せないことになっている。『団結』の属性の性質上、その力を狙いすり寄ってくる者は多い。そういった者達に対して、幼き王族が迂闊に『権能』を与えないようにするためだ。それ故に、リオンの存在を隠すことも容易だった。

第二子は病によって死んでしまったと、民には知らされた。

国民が悲しむ中、赤子のリオンはひっそりと人間界から外に運び出された。

信頼できる人物……シルヴェスター王の旧友に、リオンを引き取ってもらう予定だった。しかし……不幸にもリオンを乗せた船は事故に遭い、そのまま行方が分からなくなってしまった。魔界の森にいたのは、恐らく……私の旧友が、最後の力を振り絞って、リオンを逃がしてくれたのだろう。魔界の森にいたのは、そこで力尽きたせいなのかもしれん。私は事故のことを知り、以来旧友とも連絡が取れずにいたせいで、もう死んでしまったのかと思ったが……リオンは生きていた。そのことを感じたのは、『四葉の塔』事件の時だ。覚醒した『団結』の属性を私は感じた。恐らく血の繋がりに加え、リオンが『クラウン』であるが故の共鳴だろう」

シルヴェスター王は、アリシアからの視線に応える。

目を逸らさず、真っすぐに。

それだけで彼女には伝わったらしい。静かに目を伏せ、ゆっくりと問いかけてきた。

「……リオンには、会われないのですか」

「あの子には今、『リオン』としての幸せがある。それを壊すのは本意ではない。何より……どの面下げて会えるというんだ。理由はあれど、我が子を秤にかけて捨てたような男が。父親を名乗ることなどおこがましいというものだ」

それは自重を含んだ言葉。許されぬ罪を背負った男の言葉。

「会うつもりも、名乗るつもりもない。……ただ一目、見ておきたかった。それだけだ。あの子は既に私ではとうてい与えることのできなかった、素晴らしい愛を受け取っている。それが分かっただけでも、今回は来てよかった」

☆

シルヴェスター王の言葉を聞いた時、アリシアの胸に訪れたのは安堵の気持ち。

それがまた、自分を嫌にさせる。自分を嫌いにさせる。

リオンのことを思っているなら。本当に想うなら、きっと。

(本当の家族と会わせた方がいい……その方がいいって、分かっているのに)

リオンは今でも、自分が捨てられた子供という事実に対して、心の奥底に傷を抱えている。

望んで捨てられたわけじゃない。生まれつき宿った魔力が少ないから。そんな理由で捨てられたわけではないのだと、教えてあげるべきだ。

もしかすると言いたいことがあるのかもしれない。ありったけの気持ちをぶつけさせてあげた方がいいのかもしれない。

(だけど……)

怖い。アリシアは、怖いのだ。

リオンが『本当の家族』を選んだら、お別れになってしまうから。本当の家族のもとに帰ってしまうかもしれないから。その『もしも』が、たまらなく怖い。

(ダメね、わたし……。ずるくて、弱くて……卑怯だわ)

☆

旅の途中、精鋭たちが訓練に使用している空間なのだろう。簡易的ながらもかなり頑丈なつくりであることが一目で分かった。空間は魔法を使って拡張しているのだろう。空間に干渉するタイプの魔法はかなり高位なものなので、費用もかかる。建物ならともかく船一隻に使うとは贅沢な使い方だ。流石は王族専用の魔導船。

「派手に暴れても船が沈むなんてことはありませんから」

「みたいですね」

クレオメさんの腰には剣が下げられている。状態を見るに普段からよく使われ、整備も丁寧にされているように見えた。少なくともお飾りのものではないだろう。……が、今は手に別の剣を持っている。

「ご安心を。今回は訓練用の剣を使いますので」

優雅に微笑んでいるが――佇まいからして既に隙が無い。

流石は人間界の王族の護衛を務めているだけはある。

「リオンさんは武器を使われないんですよね？」

「はい。護衛をするには色々と都合がいいですから」

身体の調子は問題ない。一応、護衛という身ではあるのでここで燃え尽きてしまうようなことは避けたい。……まあ、そもそも。護衛という立場でこんな場で模擬戦なんてことを勝手にしている時点で色々と不味い。

それでもこうしてここに来たのは、相手が何を抱えているのかを知っておきたいと思ったからだ。

……姫様がここ最近見せる不安のような、焦燥のような表情。俺の知らない『何か』を、あの方は抱えている。クレオメさんが抱えている『何か』も、それと同じかもしれない。だから知りたい。

「あまり時間をかけるわけにもいきませんし……」

クレオメさんの小柄な身体から一気に魔力が解放された。

白銀の輝き……感覚的にアレが『団結』属性の『権能』によるものだと理解する。

「さっそく、始めましょうか」

「お願いします」

同時に俺も両の拳に『権能』由来のものであろう焔を纏う。拳を交えれば見えてくるものもある……という、このイストール兄貴直伝の方法。他の四天王の方々からは「脳筋」と称されるが、俺は結構気に入っている（実際デレク様にも効いた）。これでクレオメさんに対しても『何か』が見えてくればいいのだが……。

「では、参ります」

先に踏み出したのはクレオメさんの方だった。たんっ、と見かけは軽やかな足取りでありながら凄まじい勢いで接近してくる。流れるような動作で剣を振り抜いてきた相手に対し、俺は素早く拳の焔を盾にする。魔力を帯びた剣と焔が鬩《せめ》ぎ合い、鍔競り合いのような状態に。

「思っていたよりも、ずっと反応が速いですね」

「そちらこそ、見かけよりも重い一撃でした」

互いに弾き、再び攻防が始まる。クレオメさんの剣技は速いだけじゃない。鋭く重い。『四葉の塔』事件の際に現れた模造品の邪竜ぐらいなら簡単に両断出来てしまうだろう。

だが、対応できないわけじゃない。躱し、いなし、弾き――――焔で剣の軌道を逸らす。

（確かにやる相手だ。けど……四天王の方々ほどじゃない）

俺を修行してくれたのは魔王軍四天王。

クレオメさんの剣は確かに速い。だけどネモイ姉さんほどじゃない。

クレオメさんの剣は確かに重い。だけどイストール兄貴ほどじゃない。

「……涼しい顔をして受け止めてくれます、ね！」

クレオメさんの身体が消えた。魔法で透明になったとか、転移魔法を使ったとかじゃない。俺の拳の動きに合わせて素早く下にしゃがみ、視界から消えた。つまり下だ。認識したと同時に下から刃が振り上げられた。拳でのガードは……間に合わない。

咄嗟に脚に焔を纏う。そのまま蹴り上げるような動作で、強引に下からの一閃を脚で防ぐ。が、そこで気を抜くことは出来ない。またクレオメさんが消えた。次は斜め上。彼女はしゃがんだと同時に力を溜め込んでいたのか、弾けるように飛び上がっていた。今度はその小柄な体を勢いよく回転させ、剣にその勢いを乗せて叩きつけてきた。

「……ッ！」

これまでより更に重い一撃。体が少し後ずさる。

小柄な体に並々ならぬパワーが秘められている。随分とパワフルで力強い人らしい。……それに、魔力の量も質も非常に高い。それこそ姫様やデレク様を始めとする王族の方々にも引けを取らないほどに。

「その涼しい顔を少しは崩せましたか？」

「……鏡がないので、ちょっと分かんないですね」

焔を滾らせ構えつつ、頭は動かす。クレオメさんの強みは初動の速さ。上下斜め左右……あの初動速度を連発されたら厄介だ。

（………さて、どうしたもんかな）

まだ、彼女の中にある『何か』は分かっていない。

わざわざこんなことをしているんだから何かは掴んで帰りたいが……。

「リオンさんは、『団結』の権能のことをどこまでご存じですか？」

クレオメさんの突然の問いかけ。隙を作るためのものかと思ったが、この模擬戦でそこまでする意味もない。

「……権能を与えた『保有者《ホルダー》』の数だけ魔力を強化する力、とだけ」

「戦闘面においてはその認識で間違いありません。ですが、『団結』の属性が持つ可能性はそれだけではありません」

言いながら、クレオメさんは白銀の光を纏う。同じタイミングで地面を蹴り、剣と拳を激突させた。クレオメさんは接触は最小限にし、数を優先させてきた。凄まじい回転数を誇る連撃。それを拳で捌きつつ、状況を拮抗させる。気を抜けば容赦なく隙をついてきそうな緊張感は実戦に近い。

それもクレオメさんが放つ、限りなく殺気に近い闘気のせいか。

「『団結』の属性が持つ真価は、他者との繋がり。私はそう考えています」

小柄な体が纏う、白銀の輝きが揺らめく。

「紡いだ『縁』が、一人では到達しえない領域に自分を導く……こんな風に」

模擬剣に魔力が集約された。重い一撃が来る。そう予感した俺は咄嗟に焔を腕に集め、防御の姿勢を取る。直後、腕に砲弾をぶち込まれたかのような衝撃が襲い掛かった。微かな痺れは、完全にダメージを殺しきれなかったことを示している。

「ッ……！」

ただ魔力が強化されただけじゃない。重心の移動。呼吸。タイミング。……体の動かし方、使い方が上手い。それによって一撃の威力を跳ね上げている。これが魔法ですらないのだから恐ろしい。俺のような魔法対策を持っている相手に対しては非常に有効だ。

「今のは、『団結』の権能を与えられた知り合いから習った動きです。つまりこれもまた、『縁』が齎した力。……こうした『人間の身体を使った戦い方』は、魔界《むこう》ではそう馴染みがないんじゃないですか？」

クレオメさんの言葉通り。兄貴たちからは『身体の活かし方』に関してあまり多くのことを習えていない。人間と魔族とでは肉体の強さが違うが故に、手の届かなかった部分というのが正確か。

だからこそ、兄貴たちは自分たちが教えられることを俺に教えてくれた。

「……勉強になります」

まいったな。相手を探るつもりで来たのに、逆に相手に教えられてしまっている。それに……姫様の護衛という立場にありながらやられっぱなしというのも情けない。

（お返しの一つでもしてやらないと、姫様に叱られそうだな）

苦笑しつつ、呼吸を整える。

クレオメさんのようにあそこまで肉体を『理解』した上での動きは出来ないが、呼吸は肉体の強さに関係なく、肉体の調子を整える基本だ。焔を燃え上がらせる。練り上げる。纏う。

「……反撃開始、とでも言いたげですね」

「……そりゃあもう。このまま引き下がるわけにもいきませんから」

一泡吹かせる。いや、一発やり返す。

近接戦闘は望むところ。兄貴から習った俺からすれば、元より得意分野だ。

「……行きます」

敢えてこれから攻撃をするという宣言を行う。地面を蹴るタイミングに合わせて焔を吹かせ、全身を加速させる。飛翔とまではいかないが、ほんの僅かに宙を浮き、一歩で距離を詰める。そのまま全身に纏った焔を用いて姿勢を制御。加速による勢いを伴った大振りの蹴りをお見舞いする。

「っ！」

流石といったところだろうか。クレオメさんは反応しきってきた。模擬剣を盾代わりにしてガードする。が、俺の脚が剣から離れることはない。更に追加の焔を脚部に集め、放出。勢いをさらに足した一撃は、クレオメさんの身体を防御ごと吹き飛ばす。そこで手を止めることはない。追撃をすべく俺はすぐさま鋭く跳躍し、弾丸のように接近する。

「そう容易くは！」

すぐに体勢を整えたらしいクレオメさんは、地面を滑りながら反撃の一刀を繰り出す。魔力を纏った剣から発せられた斬撃は、カウンターの如く襲い掛かってきた。俺はそれを左腕を使って防ぎ、弾き飛ばす。削がれた勢いは焰の噴射を使って補強。そのまま接近し、今度は右拳を振るう。

「…………！」

いや、俺のタイミングに合わせてクレオメさんが既に動き出している。俺の呼吸からリズムを読み取り、推測したのか。成程、身体の使い方を熟知しているということはこちらの身体の動きも読めるということだ。

俺は咄嗟に拳を止め、クレオメさんの更なるカウンターに備えて一歩、後ろに下がる。

直後、視界のすぐ目の前を模擬剣の刃が通り過ぎた。ギリギリの紙一重の回避。

「躱した……？」

「別の情報から相手の動きを読むことが出来るのは、貴方だけじゃありませんよ」

俺の場合は風。空気の流れを感じ取ることで、相手の動きを読む。

ネモイ姉さんから学んだこの技術は、普段から重宝して使っているだけに精度にも熟練度にも自信がある。

（ああ、でも……クレオメさんの言っていることが分かってきた気がする）

イストール兄貴からならった近接戦闘。ネモイ姉さんから習った風の流れを読む技術。そして

——この身が纏いし焔。

全て『縁』によって得た力だ。兄貴たちとの出会いがなければ、『縁』がなければ掴むことのできなかった力。そしてその『縁』は、まだ俺の中に在る。

（レイラ姉貴。アレド兄さん……そうか。俺の中にはまだ、表に出ていない力がある）

腕を振り回し、広範囲に焔を撒く。クレオメさんは咄嗟に防御の姿勢をとっているが、この焔に大した威力はない。せいぜい表面がほんのちょっと焦げ付く程度だ。主たる目的は目くらまし。相手の視界を塞ぐこと。

クレオメさんは人間の身体の使い方をよく知っている。それを利用して、相手の身体の動きを見ることでこちらの行動を読んでくる。それ自体は見事な技術だ。しかし、逆に言えばこちらの身体さえ見られないようにすれば、その技術を封じることが出来る。対して風から相手の動きを読み取る俺の技術は、視界に左右されない。こっちからは相手の位置も動きも筒抜けの状態だ。

焔を撒いたと同時に俺は既に動き出している。クレオメさんは焔に対する咄嗟の防御行動と、視界を塞がれたことによる一瞬の混乱で動きに遅れが生じている。俺の狙いに気づいたとしても、もう遅い。ここで一気に畳み掛ける。

塞いだ視界。焔のカーテンを突き破り、クレオメさんの手元に向けて拳を放つ。

裏拳による薙ぎ払いは、狙い通りの結果を齎した。

焔の隙間を縫うようにクレオメさんの模擬剣が宙を舞う。地に落ちた時には既に、俺はクレオメさんの首元に焔を纏った拳を突き付けていた。

「降参です。お見事でした」

「……どうも」

焔を消し、拳を下ろす。

呆気なく降参しつつも、クレオメさんは笑顔だ。模擬戦とはいえ、負けたというのに嬉しさを滲ませた笑顔というのが腑に落ちない。

それに、結局。なぜ彼女が模擬戦をけしかけてきたのかが分からなかった。むしろ俺の方が気づきを得たというか……。

「勉強になりました。流石は、アリシア様の護衛を務めているだけはありますね」

言った後、クレオメさんはじっと俺の瞳を覗き込んできた。

「腑に落ちない、とでも言いたげですね。私が模擬戦を仕掛けてきた理由が、分からないと」

「正直に言えばそうです。戦い、拳を交えた今でも……よく分かっていません。ただ……」

今の自分が感じたことを、どう言えばいいのか。

「……何か俺に伝えたいことがあったのかなと。そう、思います」

落ちた模擬剣を拾うと、彼女はそれを持って扉の前まで歩く。

「……かもしれませんね」

それだけを言い残して、クレオメさんは扉の向こうへと歩いていった。

☆

「随分と楽しんでいたようですね」

リオンとの模擬戦を終えた後。

船内の廊下を歩いていたクレオメを待っていたのは、アリシアとの会話を終えていたノア。その顔からは相変わらず内面の感情というものが読み取れない。リオンの身体の動きを読み取ったクレオメの観察眼をもってしてもだ。

「覗き見とは、相変わらず良い趣味をしていますね。勘が良いが故に貴方の覗き見に気づいてしまうアリシア姫がむしろ気の毒です」

「いつも見抜かれては姿を現すはめになっていますよ」

嫌みをサラッと受け流すところはいつも通りである。

「羨ましい。リオン君にヒントを与える役目は、是非とも私が担いたかったのですが」

「白々しい。私が動きやすいように、わざわざアリシア姫との会話の席に残ったのでしょう？　貴方に誘導されているようであまり良い気分はしませんでしたが、それでもあの子を見ることが出来る貴重な機会だったので、利用はさせてもらいましたが」

それも含めたノアからの配慮であったことは明白であり、それがまた気に喰わない。

「……ヒントは与えました。あとは最後のきっかけがあれば、恐らく」

「では、その役目は私が引き受けましょう。『裏の権能』を使う者達の存在や動きもあります。これから何が起こるかも分かりませんし、多少強引にでも強くなって頂かなければ。それが……」

「……あの子の命を護ることに繋がる」

だから、ヒントを与えた。だから、『きっかけ』を必要としている。

しかし……最後の『きっかけ』は、生半可なものであってはならない。最初に『焔』を掴んだのは、アリシアへの強い思いがあったからだ。ならば与えるべき『きっかけ』は、相応の危機でなければならない。

「ご安心を。貴方が与えてくれたヒントを無駄にしないためにも、私が『きっかけ』を与えてみせましょう」

「そうやって涼しい顔をして、何事もないように貴方は………」

ノアは答えない。分かっていた。色んな感情を、何もかもを仮面に閉じ込めて、悟らせまいとする。そんなところが――――、

「――――貴方のそんなところが、私は嫌いです」

第四話　リオンの勘、デートのお誘い

この『楽園島』は四人の『島主』が管理している。それは四人全員が全域を管理しているのではなく、大まかに島を四つの区域に分け、それぞれの担当箇所を管理している。島の各所には種族ごとに配慮した環境が構築されているので、管理するには種族ごとに分けた方が何かと効率が良いということも関係している。とはいえ最近は、その管理体制を一部変更したことで仕事内容にも変化が起きている。

学院生活と島主の両立。普通は少年少女に任せるには荷が重いのだろうが、こなせてしまうのが王族だ。正確には、こなせるように教育を受けるというのが正しいか。島の祭りの件にしても、姫様も『島主』としての仕事もこなしながら学院での治安部として動いていたのだから恐れ入る。

魔導船から屋敷に戻ってきた姫様は、今も机の上に山積みにされている書類の束を高速で片付けている。中には『楽園島』に存在している研究機関から助言を求められている案件も含まれており、それも島主の仕事のついでにこなしてしまっている。

ただ、

「姫様、何かありました？」

「……どうしてそう思ったの？」

「勘です」

サラッと言ってのけると姫様は一瞬虚を衝かれたような表情を見せたあと、苦笑した。姫様のお株を奪う形になったが、勘は勘だ。仕方がない。

「以前から何か様子がおかしかったようですが、魔導船から戻ってきてから更に拍車がかかっています。……正直、これ以上は放っておけません」

自然と、姫様と見つめ合う形になった。いつもならここでどことなく甘い雰囲気になるのだけれど、今は違う。

「俺は、姫様にはいつも笑顔でいて欲しいと思っています。それが難しい時でも、せめて何があったのか教えてほしいです」

今の俺に出来ることは、気持ちを伝えるだけ。逆に言えばそれしか出来ない。それがもどかしく、歯がゆく。

「…………俺が頼りにならないことは分かっています。それでも俺は、姫様の力になりたいんです。護衛としてだけじゃなくて……あなたの恋人としても」

数秒か数十秒か、はたまた数分か。見つめ合って、どれほどの時間が経ったのか分からない。そんな沈黙の後、姫様はゆっくりと口を開く。

「あなたが頼りにならないなんて、そんなこと思ってないわ。ただ……わたしが弱いだけなの。わたしが弱くて、ずるくて……たまにそんな自分の弱さが、嫌になる。それだけなの」

そう言って、姫様は視線を逸らした。まるで何かから逃げるように。

まただ。前もこうして、何かを隠していた。……だとすれば。俺が出来ることは。

「…………姫様」

逃がさない。

彼女の頬に手を添える。逃げられないように。見つめ合うこと以外許さないように。

「俺を見てください」

「り、リオン？」

お祭りの後、星空の下……二人だけで踊ったあの時間。

あの時の姫様と同じ言葉を、今度は俺が姫様にかける番だった。

「今だけでいいです……俺だけを見ていてください」

俺の突然の行動に驚いたのだろう。これまでにないぐらいに動揺している気がする。仕掛けるなら……勢いのままに動くなら、まさしく今だ。

「姫様」

「は、はい……」

呼吸を整え。勇気を出して。

「俺と……デートに行きましょう！」

☆

その日、アリシアの屋敷を一人の男が訪ねていた。

獣人族の王族、デレク・ギャロウェイ。

先日の『四葉の塔』事件においてローラと共に模造邪竜の討伐に尽力したことから、妖精族側にも一目置かれるようになった。とはいえまだ見えない溝は深いと感じていることから、王族としての責務に取り組みつつもどうにかして妖精族全体との和解の道はないか模索する日々を送っている。

アリシアとノアもその道を応援しておくれており、担当区域の管理を他の王族と共同で行うという新たな試みもこの二人が協力してくれたことで実現した。今日はその簡単な報告を兼ねて屋敷を訪問したというわけなのだが、出てきたのはアリシアの護衛であるリオンではなく、

「おや……デレク様」

「……む。ま、マリアさんか」

気持ちを整える前に、一目惚れした相手がいきなり現れた。デレクにとっていささか不意打ちを喰らった気分だが、ここで崩れてしまっては王族の名折れ。なんとか動揺を抑え込んだ。

「一体どうされたんですか？　今日は特に訪問の予定は入っていなかったと記憶しておりますが」

「……用事があって、『偶然』近くを通りかかってな……こちら側で作成した、共同視察の資料を共有しに来た」

偶然の部分を強調し、あくまでもここには用事のついでに来たことを念押ししておく。

実際はマリアに会うことが出来ればという下心がなければわざわざここまで来ない。

「偶然近くを通りかかったというのに、アリシア様に共有する資料が手元にあったんですか？　それは幸運でしたね」

「そ、そうだな……オレも、そう思う」

己の詰めの甘さに恥ずかしくなった。とりあえず、口実としての用件に軌道を変える。

「……今日は、アリシア姫は留守か？」

「リオン様とデートに出かけておられます」

「そうか………ん？」

マリアの言葉に思わず頷きそうになったものの、デレクはすぐに顔を上げる。

「で、デート？」

「はい。デートでございます」

「そ、そうか……」

予想外の理由につい動揺を漏らしてしまった。いや、予想出来ない理由というわけでもなかった。そもそもリオンとアリシアは恋人同士。休日はデートをしていてもおかしくはない。デレクが動揺した理由は、マリアの口から「デート」という言葉が出てきたことによるものだ。

「タイミングが悪かったようだな……今日は失礼させてもらおう」

「お待ちください」

マリアに引き留められては、歩みを止めない理由はない。

「時間があるのでしたらどうぞあがっていってください」

「……いいのか？　アリシア姫の許可は」

「デレク様が来た時はお茶の一つでも出してもてなすよう、アリシア様から言われておりますので」

「……それなら……お言葉に、甘えさせて頂こう」

断る理由はない。表面上は涼しい顔をしているが、内心では緊張爆発状態である。

アリシアに自分の行動が読まれていることに苦い顔をしながらも、そのお節介に感謝することにした。客間に案内され、ソファーに座って待っているとマリアが丁寧な所作でお茶と小皿に載ったケーキを出してくれた。

「どうぞ」

「……感謝する」

既に口実の書類はマリアに渡してしまった。特にすることもなく、ましてや話題も特にない。今のデレクに出来ることは、ただ出されたお茶に手をつけ、ケーキを口に運ぶことぐらいであった。一目惚れした相手と同じ空間にいられることは喜ばしいが、こういう時に口下手な自分を恨めしく思うデレク。

おそらくローラ辺りならばケーキを喜んで、それはもう美味しそうに頬張っていただろうが、生憎とそんなキャラではないことは本人が一番よく分かっている。せめてもう少し、愛想よく出来ないものかと頭を悩ませていると、マリアが声をかけてきた。

「デレク様。よろしければ、同席させていただいても？」

「も、勿論だ。オレは構わない。全然」

慌てて頷き、そこでふと気づく。

「……もしや、アリシア姫から？」

「はい。『一緒にお茶でもして、のんびりお喋りしてあげて』とのことでしたので」

どうやらデレクが口下手なことも愛想がないことも、そしてこの沈黙が支配するだけの状況になる事もアリシアはあらかじめ予測していたらしい。丁寧すぎるほどのアシストに苦笑いせざるを得ない。アリシアも恋する乙女……否、恋を成就させた乙女であるので、同じ恋心を持つ者には優しいらしい。

「そうか……彼女には色々と気を遣わせてしまったようだな。いや、流石というべきか」

「デレク様をも唸らせるアリシア様……ああ、素敵でございます」

マリアの瞳はキラキラと輝き、ここにはいない己の主に対して尊敬の念が向けられる。そのことにますます苦い顔をしつつも、緊張がほぐれたことを感じた。

「……アリシア姫は、リオン君とデートに行っているんだったな。今頃、こうしてお茶でもしているのだろうか」

緊張がほぐれたとはいえ話題に困っている状況は変わらない。せっかくなので、話の種に二人を使わせてもらった。

「そうかもしれませんね。リオン様によると、今日はお二人で甘い物を食べに行くとのことでしたので。アリシア様を楽しませようと色々とお調べになったようです」

「ふむ…………」

どうやらリオンは恋愛ごとに対して敏い方ではないらしい……ということにデレクが気づいたのは、つい最近だ。そんなリオンでさえプランを練ってアリシアをデートに誘ったのだ。彼の行動にどことなくデレクも勇気を貰った……ような気がした。

はしたないと分かっていながらも、改めて込み上げてきた緊張を無理やり抑えるために、カップの中に残っている紅茶を胃に流し込んだ。

「マリアさん……その、貴方がよければなんだが」

「はい？」

こてん、と首を傾げるマリア。その愛くるしい姿に心奪われつつ、デレクは己の勇気を振り絞る。

「今度、共に甘い物を食べに行かないか」

「私と、ですか……？　それは構いませんが……なぜ急に？」

「それは…………」

細かい口実、もとい理由までは考えていなかった。己の詰めの甘さをここでも発揮してしまい頭を抱えそうになるが、動揺を顔には出さないように努める。

「…………今日は、アリシア姫とリオン君二人だけで、甘い物を食べに行っているのだろう？　だったら……君も、食べるべきだ。その方が、いいと思う。疲れも取れるだろうし」

咄嗟のことだったせいか、それともアドリブ力がないせいか。やがて王となる身としては不安になる欠点を自覚しつつも、なんとか言いきれたことに、デレクは内心で自分を褒めた。

返事がくるまでの時間はデレクにとってあまりにも長く、心臓の鼓動が激しく胸を打っているのを感じた。獣人界での修業時代、アクシデントで護衛と離れ、周囲を魔物に囲まれ単独で夜明けまで戦い抜いた時ですら、これほどの緊張はしなかった。

断られた時に備えて心の準備をしておくべきか……そんな情けないことを考え始めた直後、

「ありがとうございます。私でよろしければ、お供させて頂きますね」

今なら邪竜の大軍も一人で何とかできるかもしれない。デレクはマリアに見えないところで、小さく拳を握った。

☆

「……向こうもお茶している頃かしらね」

「向こう？」

「……なんでもないわ。こっちの話」

言いながら、姫様は優雅な手つきでカップを置いた。

その所作は他のテーブル席に座っているどの女性よりも優雅だった。恋人としての贔屓目があるかもしれないが、今この洋菓子店で最も美しいのは彼女だと断言できる。

煌めく金色の長い髪は言わずもがな。今日はいつもの制服や魔界で身に着けていたドレスではなく、私服だ。それはただの平日に身に着ける服という意味ではなく、デート用であろう服のこと。

豪華すぎず、かといって控えめというわけでもない。程よい気品を感じさせる、清楚な令嬢といった風な印象を受ける……可愛らしい、女の子。今日のデートを楽しみにしてくれていたことが全身から伝わってきて、最初に見た時はじんわりとした嬉しさが込み上げてきたものだ。

その後、あらかじめ調べておいた洋菓子店に姫様と共に入り、職人の手によって彩られた美味なるケーキを食してひと段落付いたところだ。

「それで……リオン。いきなりどうしたの？」

「何がですか？」

「急にデートに誘ってくれたりして」

デートに誘うだけで「どうしたの？」と言われる程度には積極性を欠いているという自覚があるのは情けない話だ。

「お祭りでデートをする約束が果たせませんでしたからね。思い出作りとは別に、ちゃんとしたデートをしようと思って」

「……ホントにそれだけ？　まるでリオンとは思えないぐらいの配慮だわ。デートに誘ってくれただけでも驚きなのに………」

「俺は一体何だと思われてんですかね……」

姫様に告白されて、恋人になって自分の鈍さに改めて気づいた立場なので何とも言えないが。

「……俺だって、姫様の、こ、恋人、なんですから。たまにはデートぐらい誘いますよ。今日はプランだって考えてきたんですから」

「それって……わたしのために？」

「当たり前です。他に誰がいるんですか」

真っすぐな目で言い返すと、驚きながらも姫様の頬が緩む。

慌てて頬を押さえる様は見ていてとても愛らしい。


「リオンがわたしのために……ご、ごめんなさい。嬉しくて……ふふっ。にやけちゃいそう」


むしろありがとうございますと言うべきか。とても良いものを見せて頂いている。この顔を誰にも見せたくないという衝動が込み上げてきた。今すぐにでも姫様を抱きしめて、独り占めしたい。

「じゃあお任せするわね。リオン……わたしの、リオン」

「ええ、お任せください。今日は俺が、姫様を楽しませてみせますよ」

この甘い空気はきっと、目の前にあるケーキだけのせいじゃない。

カップに口をつけながら俺はふと、そんなことを思った。

マリアへのお土産用に幾つかクッキーを購入した俺たちは、街にある大通りに出る。様々な種族の者達が露店を連ねているこの場所は、いつだって活気に満ち溢れている。

「お祭りの時は警備やら爆破予告事件やらでゆっくりと楽しめませんでしたからね。今日はお仕事もありませんし、楽しんじゃいましょう」

「それはとっても魅力的な提案なのだけれど……ねぇ、リオン」

姫様は歩みを止め、些か不機嫌そうに振り向いた。

「どうしてわたしの隣を歩いてないの？」

彼女と共に歩んでいた俺の位置は、姫様から一歩下がったところ。

恋人としてではなく、どちらかというと護衛や従者といったいつものポジション。姫様にはそれが不満だったらしい。

「す、すみません。いつもの癖で、つい」

「……珍しくデートに誘ってくれたと思ったら、そういうところはいつものリオンね。逆に安心しちゃったわ」

肩の力が抜けたような、どこか緩み切った表情を見せると、姫様は俺の手をとる。そのまま自然と指を絡めてきたので思わずドキッとしてしまったものの、俺も自然と彼女に応じるかのように指を絡め返すことができた。

「今日は、わたしの隣にいて？　いつもの護衛としてじゃなくて……恋人としてのあなたと一緒にいたいから」

こんなことを言われて断れるはずがない。

俺が出来るのは彼女の可愛らしさに圧倒されつつも、ぎこちなく頷きを返すことだけ。

対する姫様は満足げに微笑むと、俺の手を引っ張って歩みを進めていく。今日はリードしていくつもりが、結局はこうして引っ張られてしまう。

「さあ、リオン？　あなたの考えたデートを案内してくれるかしら。わたし、昨日からとってもと

ってもとーっても、楽しみにしてたのよ？」

「案内してっていうか姫様が案内しそうな勢いですけどね。善処しますよ」

デートはぶらぶらと露店を見てまわったり、服を見たり、『楽園島』にあるデートスポットに行ってみたり（ちなみにデートスポットに関しては姫様の方が詳しかった）して、あっという間に時間が経っていった。姫様は一切疲れる様子を見せず、一つ一つの出来事に対して喜んだり、愛おしそうにしてくれている。それが俺にとってもたまらなく嬉しい。

「ここって……」

途中休憩を挟むべく訪れたのは噴水のある広場。この『楽園島』に来た時、姫様と朝のお散歩で立ち寄ろうとした場所だ。あの時はデレク様やローラ様と出くわしたりしてしまったので、残念ながらここでゆっくりすることは出来なかった。その次に訪れたのは、姫様が攫われてしまった時。その時は俺一人だったので、姫様と恋人としての時間をこの広場で過ごしたことはない。

「恋人たちがよく手を繋いで過ごしている場所……なんですよね」

「……覚えててくれてたの？」

「覚えてますよ。あれも姫様との大切な思い出ですから」

「あっ…………」

どうやら気づいてくれたらしい。

お祭りの後、姫様と二人きりで踊った時……思い出作りだなんて言ってたけど。

俺にとっては姫様と過ごす毎日や、姫様と過ごす何気ない一瞬すべてが大切な思い出だ。

わざわざ不安を抱えたまま、その不安を受け入れたまま、無理やり作ろうとする必要なんてどこにもない。それだけは知ってほしかった。

「姫様。俺は今、ここにいます。あなたのお傍にいます」

「リオン…………」

「……本当は何があったのか聞きたいです。何を抱えているのかを知りたいです。あなたが嫌っているという自分の弱さも、ずるさも。全部全部、俺に抱きしめさせてくれませんか」

それからどれぐらいの時間見つめ合っていただろう。

お互いに顔を逸らすことなく、瞳に映る互いの顔を見ていた。その沈黙を破ったのは——、

「ぐすっ……ひぐっ……」

幼い人間の少女が、泣きじゃくる声。

思わず俺も姫様もそちらの方に視線を向ける。大切な問いかけをしていたことに間違いはないが、流石に放っておくことも出来なかった。

「どうしたの？　カワイイ顔が台無しじゃない」

しゃがみこんで子供と同じ目線になろうとする。この動きが自然と行える姫様を賞賛しつつ、彼女のこういったところも好きになった一つの要因だったんだなと再確認する。

少女はそんな姫様に対して安心したのだろう。少しずつ落ち着きを取り戻し始めた。

「ぐすっ……ママと……はぐれちゃったの」

どうやら迷子になってしまったらしい。この辺りは混雑しているので、迷子になってもおかしく

はない。『楽園島』は外からの観光客も入ってくることが珍しくないので、この子もその類だろうか。

「そう……大変だったわね」

姫様は静かに握った手を差し出した。それに気づいた少女は泣きじゃくりながらも差し出された手を見つめる。それを確認すると、姫様はぱっと手を開き……。

「クッキー……？」

姫様の美しい掌の上にちょこんと置かれていたのは、先ほど洋菓子店で購入したクッキーだ。ポケットの中から転移魔法で取り出したのだろう。

「お一つどうぞ」

少女はおずおずとしながらクッキーを手にとると、そのまま口に放り込んだ。もぐもぐと咀嚼すると、涙に濡れた顔に微かな笑みが戻った。

「美味しい……」

「でしょ？　まだあるから、遠慮せず食べなさい」

「うんっ」

クッキーを一つ二つと食べていくうちに、少女の顔に笑顔が戻っていく。

そんな少女の頭を、姫様は優しく撫でた。

「安心しなさい。貴方のママが来るまで、一緒にいてあげるから」

姫様の言葉に、少女はぱっと顔を上げる。

「ほんと？」

「本当よ。これでもわたし、お姫様だもの。約束は守るわ」

「おひめさまっ！　おねえちゃん、すごい……！」

華麗にウィンクを決めた姫様に、少女はキラキラと目を輝かせる。

あっという間に不安を吹き飛ばしてしまう姫様の手際は実に見事だった。

☆

「あははっ！　たかーい！」

無邪気にはしゃぐ声が頭上から聞こえてくる。というのも俺は今、少女を肩車している状態だ。

「ママを見つけたら教えてね」

「うんっ！」

「ははは………」

まさかこんなところで小さな女の子を肩車することになるとは思ってもみなかった。俺としてはいざという時に姫様を護りづらいから、避けたい体勢ではあるんだけど……仕方がないか。

「おにいちゃんっ！　もっとたかくしてー！」

「こ、これ以上はちょっと無理かな……」

「えー。けちー！」

「けち!?」

「そうなの。リオンって、けちなところあるの。お姫様抱っこはしてくれるのに、そのまま運ぼうとはしてくれないんだから。自分で歩いてくださいなんて言ってくるのよ？」

「おねえちゃんもくろうしてるんだねー」

「分かってくれるのね」

「うんっ！　わたし、オトナのオンナだもんっ！　色んなコト知ってるんだよっ！」

えっへんと胸を張る少女。一体どこでそんな言葉を覚えてくるのだろうか。この子の将来がとても心配だ。

「あら素敵。それじゃあ、オトナのオンナは他に何を知っているのかしら」

「えっとねー……おねえちゃんとおにいちゃんは～……らぶらぶなんでしょっ！」

頭上から自信満々といったていの声が聞こえ、対する姫様は嬉しそうに頬を緩める。

「んー……わたしはそうだと思っているんだけど。お兄ちゃんの方は、どう思っているのかしら？」

小悪魔チックな表情に、俺は思わず頬が熱くなるのを感じた。

子供の物言いはストレートな分これは効く。俺に。

「リオン。わたしのリオン。教えてくれる？　わたしたちは、らぶらぶなの？」

ずるい。この問いはあまりにもズルい。黙秘権を行使しようにも、姫様からだけでなく肩車をしている子供からも期待の眼差しを向けられているのを感じる。これは状況的にも内容的にも否定できない……最初から詰んでいるようなものだ。俺に唯一許されている行動は、大人しく素直な言葉を口にすることだけである。

「えっと……はい……らぶらぶ、です……」

「やっぱりー！　あははっ！　らぶらぶだー！」

楽し気にしている子供に対し、俺は頬を真っ赤にして視線を逸らす。今は姫様の顔をマトモに見ることが出来ない。周囲にいるカップルたちも微笑ましそうに俺たちを見ている。……ああ、今すぐこの場から逃げ出したい。

「ふふっ。大丈夫よリオン。お迎えが来たみたいだから」

その言葉が示す通り。

人混みをかき分け、こちらに走り寄って来る女性の姿を捉えた。

「……あっ、ママ！」

俺は少女を下ろし、再会をそっと促す。少女は走り出すとすぐさま母親の胸に飛び込み、対する母親も心からの安堵を体全体に表しながら我が子を抱きしめた。

「ああ、よかった……！　もうっ、どこ行ってたの!?　心配したんだから！」

「ごめんなさい……でも大丈夫だよっ。おねえちゃんとおにいちゃんと一緒にいたもんっ」

子供の無事を確認した母親は、俺と姫様に深々と頭を下げた。

「この子がお世話になったようで……ありがとうございます。なんとお礼を言ったらいいのか……」

「気にしないでください。一緒に遊んでただけですから。そうよね、リオン？」

「そうですね……俺の場合は、遊ばれただけの気がしますけど」

「ふふっ。相手は『オトナのオンナ』よ？　リオンが遊ばれちゃうのも、仕方がないわ」

俺たちのやり取りを聞くと、母親は「またヘンな言葉を覚えて」とでも言いたげな視線を少女に送った。それから母親は俺たちに何度も頭を下げ、今度はしっかりと我が子と手を繋いで人混みの中に消えていった。その間際、少女は俺と姫様に明るい笑顔を見せ、手を振ってくる。俺たちは二人でその手に応えた。

「よかった……あの子が、母親と会うことが出来て」

「そうですね。俺もホッとしました」

親子の背中を見つめる姫様の顔は、言葉とは裏腹にどこか不安のようなものを帯びている。

「やっぱり……家族は、一緒にいる方が幸せよね」

「……そうですかね？」

姫様に対して、自然と言葉が滑り出てきた。何気ないことだったたつもりなのだが、姫様にとっては大層驚くことだったらしい。虚を衝かれたような様子だった。

「どうしてそう思うの？」

「一緒にいることも大切ですけど、それが全てじゃないっていうか……ほら、俺は幸せですから」

「えっ……？」

何かヘンなことを言ったつもりはないのだが、姫様はきょとんとしたまま黙り込んでいる。

「俺たちだって魔界を離れて『楽園島』にいるじゃないですか。ここには兄貴たちも魔王様もいません。でも俺は今、幸せですよ。姫様と一緒に過ごすことが出来て、デートも出来て……こんなに幸せでいいのかなって、時々考えてしまうこともあります」

物心ついた時には魔界にいた。俺にとっては兄貴たちが家族だった。こうして魔界を離れて長期間過ごすことは確かに寂しいけど、それが不幸だとは思わない。

「離れてても家族は家族ですよ……って、俺が兄貴たちのことを家族だなんて、おこがましいですかね」

「……そんなことないわよ。きっと、泣いて喜ぶと思うわ」

「だったら俺も嬉しいです」

照れくさくなって頬をかく。姫様はそんな俺を優しく見守ってくれて。

「離れてても家族は家族、ね……ん。リオンの口からその言葉を聞けて、なんかちょっと、安心したかもしれないわ」

結局俺は姫様が何を抱えているのかを知ることは出来なかった。それでもちょっとは、彼女の不安を和らげることは出来たらしい。……よかった。今日のデートを申し込んで。

「ありがと、リオン。大好きよ」

その言葉は俺にとって不意打ちだった。真っ赤になっていく頬が恥ずかしくて、つい視線と話題を逸らそうとしてしまう。

「そ、それにしても姫様。さっきはよくあの子の母親が来たってわかりましたね」

「周囲の魔力を探ってたのよ。特別な事情でもない限り、血縁者は魔力の波長が似るものだから――」

姫様の言葉はそこで途切れた。

自分の言葉で、何かに気づいたかのようにハッとしたかと思うと、何かを考え始めているのか黙り込む。

「……姫様？」

心配になって声をかけると、彼女は我に返ったようだ。

「ん。ごめんなさい、なんでもないわ。たぶん、わたしの気のせいだから」

「そうですか？　ならいいんですが……」

「心配かけたわね。それより……」

姫様は俺の手を取り、指を絡めてきた。俺も応えるように指を絡め、離れないように手を繋ぐ。

「デートの続きを始めましょう。今日という日は、まだまだこれからなんだから」

☆

手元の資料全てに目を通したシルヴェスター王は、椅子に深く腰掛けながら一人薄暗い船室の天井を眺める。

「ふむ……楽園を謳うこの島を揺るがすに足る、『四葉の塔』での一件。人々は不安に駆られているかと思ったが、心配は杞憂だったようだな」

外部の反楽園島主義者たちと繋がり、獣人族と妖精族の対立を煽る。この楽園島の存在意義を否定するかのような所業。主犯は学院の教師。本来ならばこの島そのものが内部的に崩壊していてもおかしくはなかった。しかし、獣人族と妖精族の王族が手を取り合い危機に立ち向かったことでその島の団結はむしろ強まっている。祭りに合わせて『四葉の塔』を開放したことで、対立も今は改善の方向にむかっているということも、上手く外に向けてアピールしている。

まるでこうなることを見越していたかのようなノアの手際に、シルヴェスター王は苦笑した。口を挟む余地はない。むしろ王の訪問すらも利用されている始末だ。

「フッ……相変わらず、可愛げのないやつだ」

次いで、シルヴェスター王は脳裏に焼き付けた少年の姿を思い出す。

今はリオンという名を持つ少年は確かに生きていた。彼なりの幸せを摑んでいた。それをこの目で確認する事が出来た。それだけで……たったそれだけで、十分だった。

「いや……それも傲慢か」

今回の視察は『四葉の塔』事件で揺らいだ『楽園島』の混乱を静める目的があった。それに敢えて手をあげたのは、リオンの姿を一目見たかったということがある。

それが傲慢な行為だと分かっていても。

彼が幸せに過ごしていることに対し、安堵することも許される立場ではないと分かっていても。

――――……リオンには、会われないのですか。

アリシア・アークライトの言葉が脳裏を過る。

父親を名乗ることなどおこがましい。

会うつもりも、名乗るつもりもない。

ただ一目、見ておきたかった。

……言葉を並べることは簡単だ。それでも心の内には、会いたいと願ってしまう自分がいる。全ての理屈をかなぐり捨てて、もう一度やり直させてくれないかと、首を垂《こうべ》れたい自分がいる。

今の幸せを大切に抱きしめている少女に対し、平然と嘘を並べる自分はあまりにも――――ずるくて、弱くて、卑怯だ。

「……今更、私が踏み入る資格などないのにな」

誰に聞かせるつもりもない独り言。

「――ご心配なく。ないなら私が与えてあげますとも」

薄暗い部屋の中、ただ溶けて消えゆくだけの言葉を拾った者がいた。

その存在は報告書や資料に載っていた。『裏の権能』を持つ者の一人……アニマ・アニムス。どういうわけか、彼はシルヴェスター王の背後に佇んでいた。

「――――!?」

言の葉を紡ぐ間すら与えられなかった。

彼の腕は滑らかに、妖しく、迅速に。手にしていた仮面を、シルヴェスター王の胸に埋め込んだ。

「がっ……!」

アニマ・アニムスが齎した仮面は、根を張ったかのように身体を侵蝕する。直後、電流のように禍々しい魔力が体内に迸り、有無を言わさず意思というものが捻じ曲げられていく。

「心此処にあらずとは、まさに数瞬前の貴方のこと。どうやって隙を衝こうかと頭を悩ませておりましたが……手間が省かれ、大変助かりました。時間というものは有限ですからねぇ」

「ぐッ……！　お、おおおぉおおおおおおッ！」

「おお、怖い。まさか抵抗することが出来るとは。その仮面に蝕まれてしまえば、並大抵の人間はすぐさま私に『従属』するはずなのですがね。どうやら『権能』保有者には効きづらいようです……勉強になりましたよ、王様」

「ッ……一体、何が、目的だ…………！」

「私が属している組織の方々には、崇高な目的がおありのようですが……正直なトコロ、さほど興味はありません。素晴らしい物語を書き留めることが、私の趣味でございますゆえ」

「物語、だと……!?」

「ええ、そうです。視たいんです。私は、視たいんですよ」

言いながら、アニマ・アニムスは大きく手を広げた。

高らかに、歌うように。

「生命《いのち》は皆、『物語』を紡ぎます。時に美しく、時に勇ましく、時に醜く。その有様はまさに十人十色。実に素晴らしい。故に視たい。私の掌にはとうてい収まりそうにない、想像を超えた物語を！」

無邪気に瞳を輝かせる様は、まるで子供のようだった。

英雄の物語に心惹かれ、憧れ、夢を抱く子供のそれと、恐ろしいほど似ている。

街を火の海に沈めんとした男のものとは見えない爽やかな、晴れ渡った青空のような表情は、この場においてあまりにも歪なモノ。

「いやぁ、楽しみです。リオン君にしてもアリシア・アークライトにしても……自ら虚像を望んだ、哀れな人形にしても」

「ッ！　貴様、まさか――――！」

「存じあげておりますとも」

シルヴェスター王の顔が凍り付く。それが見たかったと言わんばかりに、アニマ・アニムスは口の端を歪めた。

「はてさて。貴方が私に『従属』することで、彼らは一体……どのような物語を紡いでくださるのでしょう？」

☆

ある日の夜。

ノアとクレオメが呼び出されたのは王族専用魔導船の甲板だ。

精鋭たち……『団結の騎士団』の面々も揃え、この場全体に異様な空気が漂っていた。

「……神に選ばれ、『権能』を与えられし一族の長。団結の王として、お前に命令を下す」

怪しい光を宿した彼の眼は、ノアがこれまでに見たことのないほどに鋭く研ぎ澄まされている。

殺気。

そう表現するのが、一番正しいように思えた。隣ではクレオメが息を呑んでいる。

「アリシア・アークライトの護衛。リオンと名乗るあの少年を――殺せ」


「っ!? それは、どういう……!」

驚愕を露にするクレオメを、ノアが手で制す。それと対するかのように、『団結の騎士団』は一切の異を唱えない。それが当然であるかのように、この世の摂理とでも言わんばかりに。ただ沈黙を保っている。彼らの眼にも同様に妖しい光が宿っており、殺気を研ぎ澄ませていた。

それらを一瞥したノアは、

「ああ、それは良かった」

この場に似つかわしくない、明るい声と共に。

「ちょうど私も、リオン君を殺そうと思ってたんです」


微笑みを以て、王の命令を受け入れた。

第五話　燃え盛る紅蓮、煌めく白銀

デートをしてからというもの、姫様がいつもの姫様に戻ってきたように感じる。

彼女が胸の内に抱えている『何か』。その正体を未だ掴めていないけれど、それでも前のような笑顔が戻ってきてくれたのは喜ばしいことだ。

デレク様が残していった資料にも手早く目を通し、残りの仕事もすぐさま片付けていく。まるで姫様とは思えない働きっぷりだ。優秀な方なのでやる気さえだしてくれれば百人分ぐらいの働きをされる。いつもこうだったら俺も口酸っぱく言わなくてもいいんだけどなぁ。

「溜まってた書類は今ので最後？」

「はい。お疲れ様でした」

がんばった姫様に一息ついてもらおうと、淹れたての紅茶とケーキをお出しする。

「ありがと。明日のスケジュールを教えてもらっていい？」

「午前から午後にかけて魔法学院。放課後はローラ様と共に森林区の視察、その後はシルヴェスター王を交えた島主会議が入っております。加えて、『楽園島』魔道具研究開発室からの監修依頼が三件入っています」

「分かったわ。必要な資料をまとめておいてくれるかしら？」

「承知しました」

やり取りを済ませると、姫様はふっと身体の力を抜いて執務用の机からソファーに移り、温かい紅茶に口をつけた。

「……リオン」

姫様が何を言いたいのか言葉にしなくとも理解した。彼女はソファーに腰かける際、隣にもう一人分のスペースを空けて座っている。つまりそれは隣に座ってほしいということ。

今はもう、恋人として甘えたいという合図。

「分かってますよ」

苦笑交じりに恋人の頼みを聞き入れ、彼女の隣に腰かける。

あのデートがきっかけなのか姫様は手を繋ぎたがるようになった。言葉には出さないが、自分から手を近づけて指を絡めようとしてくる。無言でそれに応じると、姫様は満足そうに、幸せそうに顔を綻ばせて……それがまた、随分とカワイイ。

「わたし……手を繋ぐの、好きみたい」

姫様はどちらかというと自分から引っ張っていくタイプだ。俺はそれに振り回されてばかりだし、それは今も変わっていない。だけど、姫様がこうして恋人として甘えてくるようになったのは、ささやかだけどとても大きく幸せな変化だ。

「どうしてですか？」

「んー……一緒にいる感じが強くなるから、かもしれないわ」

委ね切ったような表情。肩に寄り掛かってくる微かな重み。

生まれてからほとんどの時間を姫様と一緒に過ごしてきて、彼女のこんな姿は初めて見る。恋人になってからの彼女は、俺の知らない色々な顔を見せてくれる。

(その度にこっちはドキドキしてるなんて……姫様、分かってるのかな)

心臓の鼓動を聞かれていても不思議じゃない。それぐらい近い距離にいる。委ねてもらっているのだから。

一緒に隣同士に座って特に何をするわけでもなく、ただ同じ時間を過ごす。

とても平凡だけど、俺にとってはとても特別な時間……だけど姫様にとっては、俺以上に特別な時間になっているらしい。まるで今という時間を噛み締めるようで、慈しむようで。

「……姫様」

大丈夫ですよ、と言おうとしたのかもしれない。今となっては分からない。

開きかけた口は言葉を紡ぐことをせず。代わりに、しんとした部屋に軽いノックの音が響き渡った。姫様は名残惜しむように手を離し、立ち上がる。

「入っていいわよ、マリア」

「失礼します」

気配からノック音の主を感じ取っていたらしい。姫様の言葉に応じるかのように扉が開き、マリアが部屋の中に楚々とした所作で入ってきた。

「客人です。アリシア様とお会いになりたいとおっしゃっていますが……いかがいたしましょう？」

「会うのは別に構わないけど……一体誰かしら？」

「ノア様です。どうも急ぎの要件があるとかで」

「……ノアが？」

姫様はノア様のことを苦手としているところがある。なので、てっきり苦々しい顔をするかと思ったのだが、意外にも普通に反応している。

「………そう……分かったわ。客間に案内して頂戴」

「それが……外の方がいいとかで、お庭の方でお待ちになっています」

☆

時間帯は既に夜に入っており、周囲は暗闇に包まれている。その中で一人、庭で佇みながら夜空を眺めるノア様の姿があった。その表情は見えなかったものの俺と姫様、そしてマリアが近づいたことを感じ取ったのか、ノア様は振り向くと歓迎するように微笑んだ。

「すみませんね。夜分遅くに押しかけてしまって」

「構わないわ。急ぎの用事なんでしょ。それに……わたしからも確かめたいことがあったし」

「ほう。貴方が私に確かめたいことがあると。それは実に興味深いですが……まずはこちらの用事を済ませて頂いてもよろしいですか？」

「勿論よ。先に訪ねてきたのはそっちだし」

「感謝します」

瞬間――――白刃が、姫様の首元に向けて放たれた。

風の流れから予兆を感じ取っていた俺の身体は反射的に動いた。全身に焔を纏い、加速し、腕に纏った焔で……最愛の人に向けて解き放たれた白刃を防ぎきる。

時間にしてはほんの数秒にも満たない。瞬きの間に起きた出来事。

だけど確かに、確実に、確然に。


――――ノア様は剣を抜き、姫様の首を断ち斬ろうとしていた。


「どういうことですか、ノア様……！」

信じたくない事実だけが俺の目の前に在り、どうか否定してほしい。今のは何かの間違いだと告げて欲しいと思うよりも先に……俺の中には、怒りの焔が燃え滾っていた。

「私は剣を抜いた。君はそれを止めた。ただそれだけのことですよ」

「……説明する気は、なにもないと」

「説明すれば、君は最愛の人を差し出してくれるのですか？」

「っ………！　ノア様……！」

強引に刃を弾き、そのまま全身に焔を漲らせ、拳を放つ。

燃え盛る焔が視界を埋め尽くし、ノア様の身体を大きく後退させた。

「君は甘い。甘ったるい。こちらがとろけてしまうほど。君のそんなところが、私は好きですが
……今この場においては、叱りつけたい気分だ」

風の流れ。風の乱れ。新たな気配。

感知した時には既に遅く、白銀の閃光が夜の闇を引き裂いた。警戒していたマリアすらもすり抜けて、新たに参じた刃は姫様の喉元に突きつけられる。

「アリシア様………！」

「主の身を案じるなら、その場から動かぬことです。……隠し持つ刃も押しとどめておきなさい」

「っ………！」

暗器による不意打ちで剣を取り上げようとしていたであろうマリアは、己が狙いを看破され動きを止める。

「クレオメさん!?　貴方まで、どうして……！」

「………」

クレオメさんは俺の問いかけに一切答えず、ただ淡々と姫様の喉元に刃を突き付けている。

今のスピードは、『団結』属性によって強化した魔力を脚部に集約させ、一瞬の加速力に全てをつぎ込んだからこそ実現したもの。俺やマリアが反応するよりも速く、手の届かぬ速度でターゲットへの到達を果たした。いや、正確にはこちらを混乱させることで反応を落としたというべきか。

どちらにせよノア様の掌の上。

「まあ、そう怖い顔をしないでください。君も人質がいた方が、やる気が出るでしょう?」

「……狙いは俺だったんですか」

「ええ。君を殺すこと。それがシルヴェスター王直々のご命令です。とはいえ……ただ殺すだけでは芸がないでしょう?　君には持ちうる力全てを引き出してもらう。私はそれを全て蹂躙する。そういう遊戯《ゲーム》にした方が、面白いではないですか」

これまでノア様とは何度も接してきた。接する機会は多かった。

治安部長として。人間界代表の王族として。だけど今、目の前にいるのは……そのどれでもない。

ニコニコとした笑顔と共に冷たい殺気を漂わせた、まるで別人だ。

「姫様に刃を向けたのも、その遊戯《ゲーム》の一環だと?」

「勿論です。アリシア姫を狙えば、君も本気になるでしょう?」

「……ならさっきの一撃は。もし俺が止められなかったら、貴方はどうしていたんですか」

「その時はアリシア姫の首が転がっていただけのこと。そうならなくて私も安堵していますよ」

「っ…………!」

ノア様は全身に白銀の輝きを纏う。高まる魔力は『団結』の属性を持つ『権能』によるものか。

理由は定かではない。それでも、戦うしかない。

「では、始めましょうか?」

夜空の下、白銀が煌めく。

明確なる戦意。敵意。殺意。

否定したかった。拒絶したかった。だけど違うと、全身が告げている。

この人は、敵なのだと。

「――――リオン。わたしのリオン」

戸惑いと混乱の狭間を縫うように、その声は俺の耳に、心に届いた。

「ねぇ、何をそんなに慌てているの？　マリアも、そんな険しい表情《カオ》、しないで？」

「あ、アリシア様……!?　いや、状況が状況ですし……」

「せっかくの美人さんが台無しよ？」

「あぁん。美人だなんてそんな……」

「おいコラ変態メイド！　今そんなトコに反応してる場合じゃないだろ！　姫様、ご自分の状況本当に分かってます!?」

「分かってるわよ。あなたがわたしを助けてくれるのよね？」

刃を突き付けられておきながら。

「たったそれだけじゃない。だからね、リオン……わたしのリオン」

堂々と佇みながら……信頼しきったように、委ね切ったように――――笑っていた。

「あの気取った面を、思いっきりぶっ飛ばしてやりなさい」

彼女がやっていることは俺に命を委ねることに等しい。それは恋人としての信頼であり、魔界の姫としての信頼でもあることが伝わってきた。裏切ることなどありえない。命に代えても応えたいと、心が叫んでいる。

「……それが、あなたの望みなら」

焔が滾る。

目の前の『敵』を見据える。集中する。研ぎ澄ます。

対するノア様は隙の無い構えを見せながら佇み、魔力を集中させていた。

「為すべきことを見つけましたか？」

「はい……姫様が教えてくれました」

身体から余計な力が抜けたような気がして、兄貴たちとの特訓で染み込んだ構えをとる。

「ノア様。俺は、貴方を倒します」

「リオン君。私は、君を殺します」

相対する拳と刃。

燃え盛る紅蓮。煌めく白銀。

夜の闇を引き裂く二つの光は横たわる静寂を突き破り、激突した。

☆

「……意外ですね。貴方が大人しくしてるなんて」

リオンとノアの激突。ぶつかり合う魔力を眺めながら傍で刃を首元に向けるクレオメが静かに言葉を零した。

「お得意の転移魔法による脱出も、『権能』の重力で私を叩き潰すことも出来るのではないですか」

「少しでも魔力の揺らぎを感じ取れば、転移するより早く私の首を穿つ。それが出来るだけの力が貴方にはある。そうでしょ？」

「…………」

肯定はしない。かといって否定もしない。

クレオメが問いたいことはそうではないことをアリシアは知っていた。

「それが分かっていながらなぜ私の接近を許したのですか。貴方の持つ『権能』の力なら、こうなる前に対処出来たはずです」

シルヴェスター王すら認めたアリシアの持つ直感。それを以てすればクレオメの接近を許す前に転移魔法による回避や『空間支配の権能』より繰り出される重力での制圧も行えた。クレオメが問いたいのは、なぜそれをしなかったのかということ。なぜあえて人質になる道を選んだのかということだ。

「……すぐ傍でじっくりと、貴方を観察したかったのよ。貴方はリオンみたいにずっと一緒にいる人でもないし、魔道具による補助がない状態だと限界があるから」

「観察……？」

「そうよ」

クレオメの瞳が揺れる。迷いに。否――。

「私の推測が正しいのかそうでないのか、確かめるために」


――怯えに。

☆

あの『四葉の塔』での事件において、俺は様々な相手と戦ってきた。

マリア、デレク様、黒マント、ナイジェル……彼らはいずれもそれぞれの強さを持っていた。無数の暗器でもなく、獣闘衣《オーラ》によるパワーでもなく、変化の魔法でもなく、竜人による邪悪な力でもない。『団結』の属性を持つ『権能』によって増幅させた魔力で身体能力を強化し、磨き上げた技を以て刃を振るっていた。

ノア様の強さは、それらのような分かりやすい『特徴』とは違う。

基本に忠実。しかし、その軌道は思いもよらぬところから襲い掛かってくる。デレク様のようなパワーはないが、技の冴えは上。隙も見当たらない。ましてや『魔法支配』の『権能』を持つ俺を相手にしているから、魔法も抑えてこれだ。

（分かってはいたけど……）

閃く刃。その軌道は揺らぎ揺らめき、予測を困難にさせている。

（強い……！）

躱しきれない。なんとか、強引に、無理やりに、焔で刃を掠めることでダメージを最小限に抑える。この紅蓮の焔は『権能』の力によって生み出されたもの。これは矛であり盾でもある。全身に纏うことでいわば鎧となる。この鎧がなければ、もう何度切り刻まれていたことか分からない。

基本的な能力がとにかく高い。いつも冷静で涼しい顔をしているノア様だったが、その内には血の滲むような鍛錬の結晶を秘めていたことが窺えるが、それだけじゃない。身体や魔力の使い方が抜群に上手い。

クレオメさんが使っていた技術。いや、熟練度でいえば彼女を遥かに上回る。加えて、予測の難しい剣捌き。こちらの裏をかくような軌道は、同じ『団結の権能』を持つクレオメさんとは違う。

彼女を王道とするなら、ノア様はまさに邪道。

清濁併せ持つ恐るべき剣士。

強さというよりも厄介さ。それで言えば、この『楽園島』で戦った相手の中で最も手ごわい。

「くっ……！」

焔のカーテンをまき散らしての牽制。迫りくる無数の連撃を相手にし続ける現状をリセットするだけでなく、視界を塞ぐことも目的としたもの。ここで間髪を容《い》れずに凝縮した焔を拳に乗せ、迸る紅蓮の一閃を焔のカーテンに穿ち突き進めるが——、

「ッ!?」

狙った先にノア様の姿がない。反撃の一閃は虚しく夜の闇を貫いたのみ。

「君の焔は確かに私の視界を塞ぎましたが、それは同時に君の視界を塞ぐことでもある」

声は後ろから。首が動くよりも先に全身を捻じるように半回転。迫りくる刃をかろうじて両腕の焔で受け止める。それを見越していたように刃に魔力を乗せることで生み出された斬撃が殺到。衝撃を殺しきれず俺の身体は僅かに宙を浮き、地面に叩きつけられながら転がっていく。

風の揺らぎでノア様の動きを察知できなかった。身体から発する魔力で風の流れをかき乱し、自らの動きを隠蔽したのか。

「その『焔』……見たところ魔王軍四天王、火のイストール様と風のネモイ様の力を融合させたもののようですね」

ノア様の眼は俺の内に在る何かを見透かしているような、そんな得体の知れなさを感じる。

「いわば二つの『権能』を融合させた『権能』。元々魔力の少ない君が獣闘衣《オーラ》に対抗できるパワーを身に着けたのも納得です。しかし……」

ノア様は地面を蹴り、弾丸の如き速度での接近を仕掛けてきた。カウンターとばかりに拳を振るうが、目の前から一瞬にして白銀の光が消失する。拳は虚空を穿つのみ。

「力押しが過ぎる」

反射的に背中へと焔を集めた直後、鋭く重い刃の一撃が背後から襲い掛かった。

「がはっ……!」

地面に叩きつけられる直前、今度は脚部に焔を集約。

「ぐっ……この……！」

強引に蹴り払うが、それすらも予見していたかのようにノア様は後方への僅かなステップで簡単に躱してみせる。

「確かにその『焔』は凄まじい力を有しています。まともにぶつかれば力負けするのは私の方でしょう。ですが……ただ闇雲に振るわれるだけの力など、脅威に値しませんよ」

さっきからそうだが、俺の攻撃が全く当たらない。対して向こうは着実に俺へのダメージを重ねている。

（この人を倒すために必要なのは力じゃない……ただの力じゃ、この人には通じない……！）

このままだとジリ貧だ。遠からず俺はノア様の刃によってこの身を引き裂かれてしまうだろう。活路を開く必要がある。

「君がこれまで歩み、培ってきたものがこの程度だとするならば……期待外れにも程がある。あまり私を失望させないでください」

たったの一歩で距離をゼロにされた。魔力を炸裂させることで地面を蹴る力をより大きくしている。繊細な魔力コントロールの為せる技か。

真っすぐに振り下ろされた刃を拳で受け止め、鍔競り合う。

剣に宿る白銀の煌めきは焔を断ち斬らんと徐々に食い込み始めていた。

「只の虚ろに興味はなく、夢無き骸は斬って捨てる。此処で果てるか、輝きを示すか。選びなさい。

それが今の君に許された、なけなしの自由だ」

「っ……！」

肌にまとわりつく殺気は冷たく、凍てつくようで。

考えろ。どうすればこの人に勝てるのか。

勝つことが出来なければ、俺は此処で死ぬ。それだけならいい。でもこの戦いは、それだけじゃない。

死ぬわけにはいかない。俺には守らなければならない方がいる。だから……！

「ぐっ……う……！　おぉおおおおおおおおおおッ！」

強引に焔の力を引き上げ、荒れ狂う紅蓮を周囲にまき散らしていく。

負荷を無視した爆発的な火力にノア様を後退させることに成功するものの、こちらの消耗は激しい。まともなダメージを与えられたわけでもない。

自らの寿命を縮めるにも等しい行為。このほんの僅かな隙間に活路を見出す何かを掴むしかない。

（とはいえどうしたもんかな……最近は魔力量も増えてきたとはいえ、ここまでの戦闘で余力は残っていない。なのにこっちはボロボロで、あっちはピンピンしてるときた。このままだと……！）

じわじわと仄暗い闇に心が蝕まれていきそうになる。だから考えろ。思考を止めるな。

（俺の強みは『権能』由来で発現したと思われる『焔』……だけどこれは消耗が激しい。躱されるばかりでまともなダメージも与えられていない以上、頼り続けてもいたずらに魔力を浪費するだけだが……これがないとノア様の刃を防げない）

生半可な焔では、集約させ研ぎ澄ませた刃に防御を斬り裂かれる。

（もう一つの力。姫様から与えられた『魔法支配の権能』は相手が魔法を使ってこない以上、意味がない……クレオメさんとの模擬戦と同じ状況だ──）

クレオメさんとの模擬戦。

頭に何かが引っかかる。

思い出せ。摑んだはずだ。あの時、俺は……何かを摑んでいた！

（そうだ。俺にはまだ、残っていた。表に出していない力……いや、『縁』が……！）

呼吸を整える。

己が鎧として機能させていた全身の焔を、解除する。

「ほう……何か見せてくれるようですね」

ノア様の反応をよそに自分の内に在るものを探っていく。

あの時、クレオメさんはこう言っていた。

──紡いだ『縁』が、一人では到達しえない領域に自分を導く……こんな風に。

俺が紡いだ『縁』。

それはイストールの兄貴やネモイ姉さんだけじゃない。

ただの脆弱な人間である俺にたくさんの愛情を注いでくれた方は、他にもいる。

（レイラの姉貴……アレド兄さん……）

手繰り寄せる。絡め合わせる。

今までは無自覚にしていたけれど、こうして意識的に使おうとしているせいだろうか。

この力が何なのか……分かってきた気がした。

俺の中には、四天王の方々の持つ『権能』。その力の欠片が眠っている。あの方々と過ごすうちに紡がれた縁が、絆が。愛情と共に俺の中に刻み込まれている。

二つの力。二つの『権能』。その欠片を今、『支配』しているんだ。

（俺に力を貸してください……！）

生まれ出でるは麗しき蒼の輝き。

その力は、水。

汚れなき流水を全身に纏い、新たな奇跡を顕現させる。

「失望するには些か早過ぎましたか……いいですね。好きですよ、君のそういうところ」

不敵な笑みと共に、剣を構えたノア様が駆け出してきた。

対する俺は慌てず冷静に刃を迎え撃つための構えをとる。

まずは右腕。纏いし水を形状変化。創り上げしは盾。

振り下ろされた白銀の刃は、鋼鉄に斬り付けたかのような音を奏でた。

「伝わる感触は、さながら鋼鉄の如く……ただの水ではないようですね」

続いて左腕。纏いし水を形状変化。創り上げしは剛腕。

「はぁあああああああああぁッ！」

一回り二回りも大きさを増した水の腕を解き放つ。

ノア様は魔力を集め、剣を防御に回すことで直撃を防いだが、その身体は大きく後ろに吹き飛んでいく。

「水属性の流動性と、土属性の構築力。なるほど……水のレイラ様と土のアレド様の『権能』を融合させた力ですか」

「ただの力じゃない。四天王の方々が……俺の家族がくれた、たくさんの愛情！　想いの結晶だ！」

この隙を逃すつもりはない。更に水を形状変化。今度は背後に水の大砲を創り上げ発射。放たれた巨大な水の砲弾を、ノア様は動ずることなく斬撃を以て迎撃した。

「先ほどの腕もそうでしたが、あの『焔』に比べると見た目ほどのパワーはありませんよ？」

「パワーがなくても、出来ることはあります」

斬撃で破壊された水の砲弾が弾け、空中で液体が新たな形を構築する。あらかじめ仕組んでおいた術式が起動したことによって水は無数の矢となって、ノア様に殺到した。

「まさに変幻自在。無窮の流動……厄介ですね」

されど。舞い踊るように振るわれた剣は、的確に、己に降りかかる最小限の矢を叩き落としていく。それどころかノア様は身を捻る動きを利用し、スムーズに地面を蹴った。無駄のない身体の使い方と精密な魔力コントロールによって実現させている超起動。

動きに隙が無いが故に、体感では姫様の転移魔法に匹敵する速度で距離を詰められる。

（勝負……！）

腕に水の盾を創り出し、ノア様の刃を真正面から受け止める。

「ぐっ……！」

脚が沈む。下がる。魔力を集約させた剣の出力は想像以上に重く、徐々に圧倒されていく。

「その水の盾。いつまでもちますか？」

見抜かれている。俺の残りの魔力がもう、限界を迎えつつあることに。

それにさっき指摘された通りこの『水』の力は『焔』に比べるとパワーで劣る。『団結』の『権能』によって強化されたノア様の剣をいつまでも受け止められはしないだろう。

「いつまでも付き合う気はありませんよ……！」

刹那。俺の意思に従い……足元から大量の水が吹きあがり、迸った。

「……！　これは――――!?」

そのまま大量の水は俺とノア様を覆い、飲み込んでいく。形成されていく水のドームに、俺たち二人を強引に閉じ込める。

「ぐっ……！」

ノア様の動きが鈍る。刃の勢いも衰える。ここは今や水中にも等しい環境となっている。

いかに身体の使い方、魔力の使い方に恐ろしく長けているノア様とはいえ、いきなり水中に引きずり込まれては普段通りのパフォーマンスは難しいはずだ。

だが、今の俺は違う。水の力を纏う今、水中という環境は俺に制約を与えない。

呼吸も出来る。動きも軽い。

右腕に水の魔力をかき集め、集約させ、高速回転させる。不足しているパワーを少しでも補う為の、一点集中型の一撃を準備する。

もう魔力がない。これを逃せば勝機はない。だから、

「これでッ……！　倒れろぉおおおおおおおおおおおおッ！」

最後の力を振り絞った一撃がノア様へと繰り出され、そして――――、

第六話　作戦会議、果たす役目

――ハイランド王家には、生まれてすぐ追放されてしまった赤子がいた。

その事実を知った時、胸の内に湧き上がったのは仄かな喜び。

同じだと思った。王家にいながら王家ならざる者として存在していたその赤子は、自分と同じなのだと。一方的なシンパシーを勝手に抱き、会ってみたいと思った。会いたいと願った。

王家の中にいても、自分は独りだったから。

「…………」

奇跡が起きて。

いつか、どこかで、この王族ならざる王族の子と……弟と会うことが出来たら。

その時は精一杯の愛を捧げよう。それが自分に出来る唯一のことだから。

☆

「……なぜ、止めたのですか」

渦巻く水の拳が、彼の身に届くことはなかった。

疑問を口にするノア様の目の前で、俺が止めたからだ。

動きを拘束する水のドームも既に消失しており、驚きと戸惑いの混じったノア様の顔が見えた。

「私は君の恋人を……最愛の人の命を絶とうとしたのですよ」

「姫様の命を狙ったことは、確かに許せることではありません。ですが……」

拳に纏う水も解除する。もう魔力も限界だ。

「……それは貴方が本気だったらの話です」

「私が本気ではなかったと？」

ノア様は白刃を突き付ける。

一突きでもすれば、俺の首は穿たれ終わるであろう距離。彼の気分一つで、簡単に俺という命は失われてしまう状況。

「…………」

「…………」

水を滴らせながら、ノア様と俺は互いの眼を見つめ合う。

肌に張り付く水は冷たく。されど冷酷ではない。ノア様の瞳に宿る色も同じだ。

寂しそうでありながらも、冷酷なモノではない。孤独を感じさせながらも、冷徹なモノでもない。

「……貴方が本気だったら、俺はとっくに殺されていました。殺す機会は何度もあった。だけどそうしなかった」

「君に力があったとは考えないのですか」

「それだけじゃありません。『焔』の力や俺の戦い方の欠点までわざわざ指摘して、この『水』の力を発現させてくれた……まるで俺を導いてくれるかのように」

俺に向けてきた殺意も最初だけ。それすらも紛い物。身体の使い方を熟知しているノア様は、殺気すらも自在にコントロールしてみせたのだろう。

「……買い被りすぎですよ」

「仮にそうだとしても、今こうして俺を生かしている意味なんて無いでしょう」

突きつけられた剣を掴む。魔力を切らし、『焔』も『水』も纏えぬ今の俺の手は無防備な状態。

刃が手に食い込み、流れた血は、水に混じって滴り落ちる。

そんなものは構わない。痛みを無視して強引に剣を己の首元に引き寄せる。

「本気で王の命令を果たすつもりなら、今ここで俺を殺せばいい」

俺が突きつけた問いに対して返ってきたのは、沈黙。

ノア様の手がほんの少しでも動けば、俺の首など容易く斬り裂くことが出来るだろう。

だけど。やっぱり。

彼の手は、微動だにしない。

「………まったく、敵いませんね。君には」

ノア様の顔に、笑みが浮かんだ。

そのまま彼の手は、刃を掴んで血塗れになっている俺の手を優しく解き、指を絡める。

「君の手は愛する人を護るためのもの。……こんな無茶をしないでください」

掌から温かい力が流れ込んでくる。どうやら回復魔法で俺の手を治療してくれているらしい。ノア様が視線で合図を送ると、クレオメさんは静かに頷き、刃を収めて姫様から離れた。

解放された姫様はスタスタと早歩き気味に近づいてきたかと思うと、呆れ気味にため息をついた。

「優しいわね、リオン。あなたのそういうところが大好きだけど……顔に一発ぐらい入れたって、バチは当たらなかったと思うわよ」

「おやおや。開口一番手厳しいですね。私の狙いを理解した上で見守ってくれたことに感謝し一つアドバイスしておきますが、リオン君のことが心配なら、素直にそう言えばいいではないですか。信頼して何も動じないように装っていながらも内心ハラハラドキドキしていたと、素直にね」

「うるさいわね。……というか、さっさとその手を離しなさい。いつまで繋いでるのよ」

「リオン君の治療を終えるまでですが。私の記憶が確かなら、アリシア姫は回復魔法を使えなかったはずですが？」

「逆に貴方、回復魔法が使えたの？」

「つい最近クレオメと共に習得しました。申し訳ありませんね。リオン君は私が治しますので」

「…………相変わらず口だけは無駄に元気ね」

言葉で圧倒される姫様はそうそう見られるものではない。流石はノア様といったところだろうか。

ああ、でも……よかった。いつもの空気が戻ってきた。

☆

治療を終えた後。

ひとまず屋敷の客間に移動した俺たちは、ノア様とクレオメさんから事情を説明してもらった。

一通りの話を終えたところで、姫様がポツリを言葉を漏らす。

「シルヴェスター王の豹変……原因の心当たりは、一つしかないわね」

「アニマ・アニムス。彼が持つ『従属』の権能によるものでしょう。ただの精神操作系の魔法ならば『団結』属性により強化した魔力で弾くことも出来たでしょうが、敵はそれを上回る操作力を持っていた……さすがは『裏の権能』というべきでしょうか」

神より与えられた『権能』を持つ王を操ってしまうほどの『権能』。

敵がいかに強大な力を持つ者なのかをこんな形で思い知ることになるとは。

「王の精神操作を解く鍵は恐らくあの仮面でしょう。私とノア様が見た限りでは、顔に仮面らしきものはついていませんでした。とすれば、顔以外の部位に埋め込まれているのかと」

「怪しいのは胸の辺りでしょうか……人体に直接埋め込むタイプの術式は心臓に近いほど効力を発揮しやすいものですから」

クレオメさんの言葉を受け、マリアは何か思い当たるところがあったらしい。

考え込むような仕草をした後、推測を滑り込ませてきた。

「たぶん、マリアの推測通りだと思うわ。それ以外の場所に埋め込むメリットも特にないだろうし……問題は『団結の騎士団』ね。彼らはどうなってるの？」

「様子を見た限りでは同じように操られてしまっているようです。これは推測でしかありませんが、王に埋め込まれた『従属』の権能が伝播することによって、全員が一度に影響を受けてしまったのかもしれません」

言いながら、肩をすくめるノア様。

「『団結』の属性が持つ、他者との縁を結ぶ性質を逆手に取られてしまった……まさに最悪の相性ってわけね」

「姫様。冷静に語ってはいますが、ハッキリ言って状況は最悪ですよ。『権能』を持った王一人でも厄介だというのに、一国をも容易く落とす精鋭五十人までもが敵に回っているのですから」

「確かに最悪だけど、希望はあるじゃない。シルヴェスター王に埋め込まれてるであろう仮面さえなんとかしてしまえば、残りの五十人も一斉に解放出来るということなんだから」

「アリシア姫。言うは易く行うは難し、という言葉をご存じですか？」

「敵の企みを利用して、リオンの成長を促した貴方がよく言うわね」

「おや。筒抜けでしたか。これは恥ずかしい。今にも顔から火が出そうですよ」

「優しいリオンに感謝するのね。もし最後の一発が入ってたら、今頃その白々しいセリフも吐けなくなってたもの」

「ええ。感謝していますよ。リオン君の優しさには」

二人の間でバチバチと火花が散っている気がする。相変わらずこの二人は仲が良いのか悪いのか。

「……真面目な話、リオン君は貴重な戦力ですからね。殺させるわけにもいきませんし、向こうの狙いがリオン君である以上、戦闘は必至。強引な手を使ってでも、早急に強くなって頂くことが向こうの狙いを阻止することに繋がると判断しました」

ノア様の言葉を受け、クレオメさんが申し訳なさそうに頭を下げた。

「とはいえ、アリシア姫とリオンさんには謝罪せねばなりません。お二人を危険な目に遭わせてしまったのは確かですから」

「俺のことは気にしないでください。おかげで新しい力を掴むことが出来ましたし、打算はあれど俺のことを想ってのことなんですから。ただ……姫様を巻き込んだことだけは、許すことは出来ません」

ノア様たちに対して思うところも、勿論ある。だけど一番許せないのは自分自身だ。『四葉の塔』事件でも、むざむざ姫様が攫われてしまう事態を許してしまった。ナイジェルとの戦いだって姫様の助力があったからこそ。

もし俺に力があったら。もし俺が四天王の方々のように強く在れたら。

……姫様を危険に巻き込むこともなかった。

「次に同じことをすれば。たとえ事情があろうとも、拳を止めることはありません」

一番許すことが出来ないのはノア様でもクレオメさんでもない。自分自身だ。

「そのことをどうか、お忘れなきよう」

「……胸に刻んでおきます」

緩んでいた空気がまた少し張りつめてしまった気がする。

悪いことをしてしまったかもしれない。それでも釘を刺さずにおくという選択肢もなかったが。

「話もひと段落したことだし、これからのことを話し合いましょう」

姫様が気を利かせてくれたのか、話題を切り替えてくれた。

「敵はシルヴェスター王を操り、リオンの命を狙った。……その理由はまだ摑み切れていないけど、やるべきことはハッキリしてる」

「シルヴェスター王の解放……ですがアリシア様。あちらには『団結の騎士団』が控えています。国を落とすことすら容易く為せる五十人の精鋭。いかに素晴らしきアリシア様にお力があろうと、この戦力では厳しいかと思われます」

「だからこそ策を講じるのよ。アテならあるから、任せときなさい」

どうやら考えがあるらしい姫様は華麗にウィンクしてみせた。

マリアは胸を押さえて倒れた。

☆

一時間後。

「――――レイラ様の生ステージ衣装が拝めるというのは本当ですの!?」

餌に食いついたローラ様が釣れた。

どうやら姫様が転移魔法を駆使してローラ様を連れてきたらしい。俺たちが事情を説明すると彼女は深いため息をついた。

「大体の事情は理解しました……シルヴェスター王と『団結の騎士団』が敵に精神操作された？　しかもそれを解除する為に手伝えですって？　はぁ……アリシア・アークライト。貴方と話していると、いつも眩暈が起きそうになりますわ」

「姫様。アテというのはもしかして……ローラ様のことですか？」

「そうよ。頼れる助っ人でしょ？」

ローラ様とは『四葉の塔』事件において拳を交えた仲。姫様にとっては信頼のおける相手になっているのだろう。

「なるほど。ローラ姫の持つ『神秘』属性の権能ならば、『従属』による精神操作を打ち消すことも可能と踏んだわけですか」

「直接『仮面』を埋め込まれてるシルヴェスター王は難しいでしょうけど、間接的に操作されているだけの『団結の騎士団』なら、なんとかなるかもしれないわ。実際に戦ってみて分かったけど、『神秘』属性はなんでもありみたいだし」

「確かに不可能ではありませんけど、『団結の騎士団』の精神操作をまとめて解除するとなると相応のパワーが必要です。『神秘』属性は力勝負に不得手……王クラスなら可能かもしれませんが、今のワタクシでは難しいですわよ。かといって、一人一人解除していくと先にワタクシの魔力が尽きてしまいます」

権能は確かに強力だが、大なり小なりそれぞれの弱みを抱えている。『神秘』属性の強みはその万能性。弱みは力勝負には向いていないこと。それを把握していない姫様ではないだろう。

「ああ、大丈夫。それも織り込み済みだから」

「…………」

ローラ様はとても複雑な顔をしている。自分のパワー不足を織り込み済みと言われてるようなものなのだからそりゃあ複雑な顔にもなる。ちなみにノア様はくつくつと笑っていた。笑わないであげてください。

「アリシア様。ここはデレク様にも声をかけておく方が得策なのでは？　彼の持つ『野生』属性も戦力としては十分に頼れるものかと」

「勿論よ。ローラを連れてくる前に声をかけて、先に動いてもらってるの。あとは仕掛けを御覧じろってとこかしらね。こんな状況ですもの。使えるものはなんでも使うわ」

どうやら既に姫様の策というのは動き出しているらしい。

「守りは性に合わないしね。どの道、敵もいつまでも待ってくれるわけでもないし……先にこっちから仕掛けるわよ」

☆

「えっ、これを飲むんですか」

　ローラ様から手渡された小瓶。中にはどろっとした怪しげな色の液体が入っており、怪しげな煙がたちこめている。

「妖精族に伝わる秘薬の一つですわ。ワタクシの屋敷で栽培している魔法花を使って作りましたの。これを飲めば、魔力の回復を早めることが出来ますわ。副作用は先ほど説明した通り、眩暈と疲労感と倦怠感に加えて発熱が少々。アリシア・アークライトにでも看病してもらいなさいな」

「あら。貴方にしては気の利いた副作用ね」

「『貴方にしては』は余計ですわ。……というか、貴方こそ副作用を何だと思ってますの？」

　姫様が副作用を何だと思っているのかはさておいて、問題はこの液体だ。

「えっと、その、これ……本当に飲み物なんですか？」

「当たり前ですわ」

「この世の飲み物とは思えないんですが……」

「良薬は口に苦し、という言葉はご存じ？」

「あ、はい」

　さっさと飲めということらしい。

　圧力に屈してしまった俺は、意を決して秘薬とやらを飲み干した。

　さすがは秘薬というべきか。魔力がグングン回復していくのが分かる。味は最悪だが。

　副作用はあるものの、今必要なのは戦うための魔力。背に腹は替えられない。

「……アリシア・アークライト。言われた通りの仕事を果たしてきたぞ」

秘薬が織りなす独特なハーモニー（オブラートに包んだ表現）と必死に闘っていると、デレク様が合流した。

「ご苦労様。外の様子はどうだったかしら？」

「例の場所は今のところ問題ない……が、街で『団結の騎士団』メンバーを見かけた。どうやら君を捜しているようだ」

「つけられてないでしょうね」

「当然だ」

あの精鋭たちから気配を隠蔽できるとは、やはりデレク様も王族の一人。『野生』属性が発する『獣闘衣《オーラ》』は、強力な分コントロールに難がある。それを成しているだけあって、気配の殺し方も上手い。

「……？　なぜ向こうは街でアリシア様を捜しているのでしょう。普通に考えれば、この屋敷にいると気づくはずでは」

「デレクとローラに接触する際に、転移魔法で移動しながらわざと気配を明かしてたのよ。撹乱と時間稼ぎと検証のためにね」

「検証、ですか？」

「ええ。わたしを捜しているということは、リオン以外にも狙いをつけているということ。おそらくノアが裏切ったことも既知の情報になっているでしょうね」

移動時間すらも敵を欺くために利用する。相変わらず姫様はそつがない。

「おやおや。裏切ったなどとは人聞きの悪い」

「向こうからすれば裏切りでしょうよ」

お互い馬が合わないからといってこんなところでバチバチと火花を散らさないで欲しい。

「ふむ……屋敷への捜索にも人手を割けばいいだけだというのにそれをしないということは、少なくとも精神操作された『団結の騎士団』は、一定の気配を追いかけるだけの単純な行動しかとれないのかもしれませんね」

ノア様の言葉を受けて、クレオメさんは頷く。

「捜索行動を単純化している代わりに、戦闘行動にリソースを割いているのかもしれません。でなければ、王の手駒としてはあまりにもお粗末ですから」

「何にしても、これは貴重な情報だわ。このままデレクが持ち帰ってくれた他の情報も加えて作戦の精度を上げていきましょう」

それからしばらく、緊張感はありながらも穏やかな時間が続いた。

姫様の練った策をこの場にいるメンバーで共有しつつ、それを実行する為の動きを打ち合わせしていく。

俺とノア様はその間に、戦闘によって消費した魔力の回復に努める（魔力を大量に消費したのは俺だけで、ノア様は大した消耗もしていないのだが）。

「人けのない夜の間が勝負よ。精神操作された王とその精鋭たちに、民を巻き込まないような配慮が出来るのなら話は別だけど……それに期待するぐらいなら、流れ星にでも祈ってる方がマシね」

「元より数は向こうの方が上。夜の闇に紛れるぐらいの小細工がなければ、やってられませんわ」

「そういうこと」

準備を終え、屋敷を出た俺たちは夜空の街を眺める。あと数時間もすれば空が白み、夜が明けるだろう。

「ケリをつけましょう。光が明日を照らす、その前に」

☆

空間を塗りつぶす漆黒に紛れながら、人けのない街を姫様と二人きりで歩く。

深夜の時間にこの街を出歩いたことがないから中々に新鮮だ。住民たちはみんな寝ているのだろう。普段は賑わっているこの街も、今は静かなものだ。

「まるで深夜にデートしてるみたいね。なんだかドキドキしてきちゃったわ」

「俺は別の意味でドキドキしてますよ。状況が状況ですから」

今はデートしている場合じゃない。どこから敵が襲い掛かって来るか分からないのだから。

「でもまあ……そこがいつもの姫様らしくて、逆に安心してる部分もありますけどね」

ここ最近の姫様のことを考えると、いつもの調子に戻ってくれた方が安心する。

「……それって、褒めてるのかしら？」

「褒めてますよ。手放しで褒めてます。はい」

「……釈然としないけどよしとしましょう」

釈然としないけどよしとされてよかった。

「どうせならこのまま本当に深夜のデートとしゃれこみたかったところだけど」

姫様と一緒に俺も気づく。周囲から続々と気配が集まっていることに。

「残念だけど、来客みたいね」

身体の調子は良好。魔力もかなり回復している。

拳を握り締めて確信した――――いける。

「今宵は随分と客人も多いようです。姫様、いかがいたしましょうか」

「お出迎えしてあげなさい。程々にね」

精神操作の影響下に陥っている騎士の何人かが閃光を放つ。

闇夜を抉り襲い掛かるは、恐らく攻撃系の魔法。

俺が与えられた『魔法支配の権能』で支配するか。いや、この魔法はそれぞれ操作しているのが別人だ。一対一ならともかく、俺の権能は一度に複数人の魔法を支配出来ない。

だったら、

「――――支配する！」

まずは一つを支配。軌道を変え、他の攻撃魔法と相殺させる。それでも全てを叩き潰せたわけじゃない。姫様への直撃コース上に放たれた残りの攻撃魔法を、俺は両手に滾らせた焔を以て的確に殴り飛ばす。その間に距離を詰めていた他の騎士たちが、間髪を容れずに剣を振るってきた。

「……！」

焔から水に力を切り替える。

周囲に展開した水がうねる。

刃の形を与えられた水は敵と化している騎士たちの剣を受け止め、金属が激しくぶつかり合う音と共に魔力の火花を散らす。

「がら空きだ！」

刃に回していたものとは別の水を変化させ、鞭のようにしならせる。

そのまま水の鞭は、鍔競り合いを行っていた目の前の騎士をまとめて薙ぎ払った。

……が、それで一息つけるわけじゃない。今度は後方に控えていた騎士たちが光の矢を無数に撃ち込んできた。またも『魔法支配』でいくつかを相殺するが、やはり撃ち漏らしが出てくる。捌きれない。そう判断した俺は、瞬時に水の盾を目の前に創り出し防御に徹する。

「一発一発が……なんて威力だ……！」

操られているとはいえ、流石は王直属の精鋭。このまま集中砲火を受け続ければ盾がもたない。

「姫様、他の騎士たちは！」

「……続々と集まってきてるみたい。うまく釣れたわ」

周囲の魔力を探ってくれていた姫様が静かに頷いた。

「頃合いよ」

「承知しました！」

盾が形を保っているうちに、姫様の身体を両腕で持ち上げ、抱え込む。

世界で一番大切な方を傷つけぬよう、汚さぬよう、すぐさま走り出す。集中砲火の雨。その真っ只中から離脱する。

「ふふっ。こうしてお姫様抱っこして運んでもらえるんだもの。悪くないわ。ううん……素敵ね。とっても」

「そりゃ素敵でしょうとも！　なにせ後ろからは王直属の武装した精鋭たちに、無数の攻撃魔法がふりそそいでるんですからね！」

建物を木端微塵にされるのはまずい。跳躍し、屋根の上を駆け抜ける。

そうしているとあちこちから他の騎士たちが上がってきた。その数は増え続けており、比例して攻撃の数も増えてきた。かろうじて水の刃で捌き、かろうじて水の盾で防ぐ。

ノア様とクレオメさんが与えてくれたヒントときっかけを経て摑んだ、この水の力のおかげで凌ぎ切れている……このままいけるか？

「…………ッ！」

風の乱れ。先回りされたのだろう。進行方向から剣を構えた三人の騎士が、突如として下の路地裏から飛び上がってきた。

厄介なことに剣は魔力で強化されており、これを一度に受けるのはまずい。

後方からの攻撃を凌いでいる今、水の盾に目の前の強烈な一撃。否、三撃を受け切れるだけの強度を与えられるかどうか。

「――――ひれ伏しなさい」

凜とした声が、夜空に響く。

天才と謳われた魔界の姫が手にした、唯一無二の力。『空間支配の権能』による重力操作。

その圧倒的なまでの一撃が、目の前の精鋭三人を屋根から地面に叩き落とした。

「リオン」

「承知しております！」

強く。強く強く、屋根を蹴る。水から切り替え、今度は脚に焔を纏い、爆ぜさせる。

爆発による衝撃を利用して、その跳躍距離を大きく引き伸ばす。

「……見えた、学院！」

姫様を抱えた俺は目的地である学院の敷地内に着地すると、そのまま講堂に飛び込んだ。

ここは『四葉の塔』事件の際に姫様とローラ様が決闘を行った場所。あの時は結界を張っていたとはいえ、戦闘にも耐えうる造りになっているのは間違いない。

「なんとか辿り着きましたね……姫様、そろそろ下ろしますよ」

「やだ」

「こんな時にワガママ言わないでくださいよ」

「……リオン。わたしの王子様。もう少しぐらい、お姫様抱っこしてくれたっていいじゃない？」

「ワガママ言ったってダメです」

「……けち」

ぷいっと頬を膨らませる姫様はこんな時でも我が道を行っている。頼もしい方だ。本当に。

「あーもうっ！　来て早々にいちゃついてるんじゃないですわよ！」

先んじて講堂に待機していたローラ様が、見かねたとばかりにどたどたと駆け寄ってきた。見てたなら早く出てきて欲しい。

「む。どうやら遅れてしまったようだな」

「申し訳ありませんアリシア様。少し手間取ってしまいました」

講堂の入り口から、別動隊として動いていたデレク様とマリアが合流する。

見たところ大きな怪我もない。ひとまずは無事だ。

「大丈夫よ、可愛いマリア。怪我はないようね。無事に辿り着けたようで安心したわ」

マリアの身を案じているのだろう。姫様はその指で彼女の頬を撫で、身体に怪我がないことを確認する。

「あ、アリシアひゃまぁ……や、やだそんな。主をお待たせしてしまったこのメイドに罰を与えてくださってもよろしいのに……いえむしろ与えてくださると嬉しいですぅ……」

姫様にしてもマリアにしても、緊迫した状況でもいつも通りの動きをしなければ気が済まないのだろうか。

「……リオンさん。貴方、苦労していらっしゃるようですわね」

「わかってくださいますか」

よもやこんなところで味方を得ようとは。

デレク様の方に視線を向けると、彼は深く考え込んでおり、

「………オレも、何か気の利いた言葉をマリアさんにかけるべきだったのだろうか」

一人で何か別の悩み事を抱え込んでいた。

この場におけるマリアのことはもう放っておいてやってください。

「はぁ……。貴方たち、お喋りも結構ですが、役目はしっかりと果たしましたの？」

「当たり前じゃない。ほら、見てごらんなさい」

姫様の言葉の直後。窓や入り口をぶち破り、けたたましい音を響かせながら精神操作の影響を受けた騎士たちが講堂に流れ込んできた。

「団体様のご到着よ」

あっという間に俺たちは、騎士たちに取り囲まれた。講堂の中はまさに袋の鼠といったところか。外とは違い、空間が狭まっている分包囲網の密度も濃い。もう逃げ場はない。

しかし……ここまでは姫様の計画通り。

「さあ、どうぞ。召し上がれ」

「言われずとも」

ローラ様が『神秘』属性の権能を発動させる。同時に、講堂の床下から魔法陣の輝きが放たれた。

「――――まとめて喰らってやりますわ！」

神秘の輝きが満ちる。

光が目の前を埋め尽くした後――――大勢の人が倒れる音が聞こえてきた。

視界が戻り、周囲を見回してみると、そこには意識を失い倒れ伏した騎士たちの姿がそこかしこに並んでいた。

「……成功したようですね」

俺の言葉に、ほっとしたようにローラ様が肩から力を抜いた。

これは『四葉の塔』事件で姫様が開いたお茶会において、人の姿に化ける魔法を使う敵、黒マントを捉えるための術式……講堂に組み込んであった魔力の波長を分析する術式を利用した力だ。

黒マントのような敵がまた現れることを警戒して、講堂に仕込んだ術式をそのままにしておいたのだが、今回はそれを利用した。

ローラ様の『神秘』属性の力を増幅、拡散。一定範囲内にいる者達をすべて同時に、一括で、精神操作の影響から解放するための術式に組み替えたのだ。姫様がデレク様に、先んじて頼んでいた仕事というのは術式の組み換え作業のことだった。

あとは俺と姫様、デレク様とマリアのチームが外で目立ち、敵を出来るだけ引き連れて罠をはった講堂に誘導。俺たちを追いかけてきた騎士たちをまとめて、ローラ様が『神秘』属性の力で解放するだけ。

「ふぅ……ですが、全員が意識を失ってしまいましたわね。強引な手段でしたから、おそらく当分目覚めないでしょう。縛られた精神には休息が必要ですわ」

「あわよくば『団結の騎士団』を戦力として手に入れたいと思ったんだけど……そう都合よくはいかないようね」

「それもそうだが……」

デレク様が獣闘衣《オーラ》を纏い、講堂の中に撃ち込まれてきた魔法の弾丸を拳で弾き飛ばした。

気配が続々と増えてきた。今、ローラ様の『権能』で解放した『団結の騎士団』はざっと二十数人ほど。逆に言えば、あと半分は残っている。その残り半分がこの講堂に集まってきているのだろう。

「……どうやら待ちきれず第二陣が到着したらしい。ローラ、今のをもう一発頼めるか」

「ダメですわね。講堂に組み込んだ術式が焼き切れてしまっていますわ。やはり急造の術式では『権能』の力に耐えきれませんでしたか」

「となると、あとは私たちで何とかするしかないようですね」

マリアがどこから取り出したかも分からない二本の剣を両手に掴み、構える。

同じようにデレク様も拳を握り、ローラ様は神秘の輝きを纏う。

「アリシア様。リオン様。ここは予定通り、私たちが引き受けます」

「……オレたちも、この連中を片付けたら追いかける」

「ここで全員が消耗していては、王を解放することなど不可能ですわ」

俺たちの役目はあくまでも『団結の騎士団』を引きつけ、解放すること。

表向きの本命はノア様とクレオメさん。

俺たちが囮となっている間に、二人は王が君臨する魔導船に乗り込んでいることだろう。

「さあ、お行きなさい！」

花が咲き乱れ、魔力の壁を展開。無数の光弾から身を守った後、反撃とばかりにマリアが全身に仕込んだ暗器を投擲。デレク様も拳に乗せたオーラを飛ばして反撃する。

「姫様」

今の俺たちに出来ることは、彼女たちの気持ちを汲むことだけ。

事実、ノア様たちだけでは王との戦いは厳しい。そのことは最初から分かっていた。だからこそ、ここから誰かが援護に向かうことは決まっていたことだ。

「分かってる」

姫様もそのことは分かっている。

だから、

「……俺たちは先に行ってます」

「貴方たちも、すぐに追いつきなさい」

姫様と手を繋ぐと、すぐに転移魔法が発動した。

視界が切り替わるまでの刹那、三人は最後まで俺たちに背を向けながら、敵だけを見据えていた。

☆

目の前に群がるは王直属の騎士団。

数も減り、精神操作もされているとはいえ、強敵であることに変わりない。

マリアは武具を構えつつ、今にも襲い掛かってきそうな目の前の集団を睨みつける。

主を送り出した以上、主が信じてくれた以上、ここで果てるわけにはいかない。

「すぐに追いつきなさいとは、気軽に言ってくれますわね」

「だがそれは、オレたちを信じてのことだろう」

かつての自分は目の前にいる騎士たち同様、操られるだけの人形であり、恐怖に怯え、死の危険に怯えるだけの道具に過ぎなかった。

仮にあの時の自分がここにいたら、周囲を取り囲む脅威に絶望するだけだっただろう。

「アリシア様を待たせるわけにはいきません。すぐに片付けましょう」

だけど今は違う。

主からの信頼。それはマリアが持つどの暗器よりも強い、確かな一振り。

「私たちは己が意志を以って、刃を振るうのです」

第七話　選別の力、絶対防御

リオンたちが動いたことで、街中に散っていた『団結の騎士団』の気配が一ヶ所に集まってきた。

街の中で気配を殺し潜伏していたノアは、クレオメと共に魔導船へと向かう。

精神操作の弊害か機械的な動きしか出来ないならば出し抜くのは容易い。

魔導船に乗り込むことは簡単に出来た。これもリオンたちが陽動をかってくれたからこそ。

（彼らの働きに報いねばなりませんね）

アリシアが提案した術式による罠があるとはいえ、あれだけで五十人もの精鋭をどうにか出来るとは思えず、陽動も危険な役目であることに変わりはない。こちらも相応の働きをしなければ彼らに対しあまりにも申し訳がない。

「船内の者たちは全員出払っているのでしょうか」

周囲を探りながら漏らしたクレオメの言葉に、ノアは静かに頷く。

この船内は無人の状態だ――――甲板の方から迫りくる圧倒的な力の気配を除けば。

「隠す必要などない、と……相変わらずの自信ですね」

自信がなければ、迷いを生む。生まれた迷いは、隙を生む。

故に自信を持つ。迷いを生まず、隙を無にする。

それがシルヴェスター・ハイランドという男の、王としての在り方だ。

精神操作されたところでそれは変わらないらしい。

いや、それとも、

（精神操作とはいっても、あのアニマ・アニムスが直接、行動の全てを操るわけではない。『従属』の属性とは、アニマ・アニムスに従うように対象の精神を歪める力……？）

裏の権能については情報が足りないのだから、ここで推測を重ねても何も始まらない。

ノアとクレオメは警戒を保ちながら進み、物陰から甲板の様子を窺う。

月明かりを一身に受けながら不動たる有様を示すシルヴェスター王は、操られているとはとても思えなかった。

味方だと頼もしいのだが、敵としてその姿を眼に収めたくはなかった。

（さて……どう攻めるとしたものですかね。堂々と佇みながらも、一切の隙が見当たらない。奇襲をかけるのは難しい……）

周囲に在るあらゆる状況、情報をかき集め、脳内でプランの構築を試みる。

「────！」

相手の一挙手一投足を逃さぬよう観察しているノアの瞳が、シルヴェスター王の身体より迸る魔力の刃を見逃さなかった。

解放された魔力の衝撃は真っすぐに向かってくる。ノアとクレオメが咄嗟に飛びのくと、ほんの一秒ほど前に二人が隠れ潜んでいた場所が、魔力の刃で引き裂かれた。

やむを得ずシルヴェスター王の前に転がり込み、姿を現す結果となってしまう。

「いらぬ気遣いだったか？」

その声も。眼も。何もかもが。

冷たく、鋭く、重苦しく。

敵に向けるそれであることが肌から伝わってきた。

王は既に敵の手に落ちてしまったことを嫌でも思い知らされる。

「……貴方らしいとは思います」

気配は殺していた。……完全だと思っていたそれは、シルヴェスター王にとっては違っていたらしい。元より奇襲を穿つ隙などなく、真正面より討つしか道はない。

静かに魔力を研ぎ澄ませ、剣を構えて相対す。隣では同様に、クレオメも刃を構え出方を窺う様子を見せていた。

「貴方に剣をとらせることは、不本意ではあるのですが……生憎と今は人手が足りません」

ノアの言葉に、クレオメはふっと口元だけ微笑んでみせた。

「人使いの荒い貴方らしくないですね。『四葉の塔』事件ではアリシア・アークライト……王族ですら手駒として使ってみせたのが貴方でしょう？　ならば私も使ってみせなさい」

これ以上の言葉は無用とばかりに、目の前に君臨する王からの圧が増す。相手は腕を組み、佇んでいるだけ。だというのにこの威圧感。余裕など何処にあるというのだろう。

「では、遠慮なく」

その言葉を合図として、刃を振るう。白銀の輝きを放つ魔力の斬撃。

人体の動きと使い方を熟知しているノアが放つそれは、最小最速の動作より齎される高速斬撃だ。

対するシルヴェスター王は不動を貫き――斬撃は、白銀の輝きとなって霧散した。

「あらゆる攻撃をより分け、選び分け、区別する。絶対防御の異名を持つ『選別の魔法』……相変わらず、厄介極まりますね」

『選別の魔法』。それは、不要と判断された攻撃を全て無効化する最上位魔法。圧倒的な力であるが故に消耗も激しく、一度の発動で並の人間ならば生死の境を彷徨うほどの魔力を失ってしまう。

しかし、『団結』の属性を有するシルヴェスター王はかつて五千もの魔物の軍勢との戦いの際、『選別の魔法』を三日三晩持続させながら戦ったとされている。

王が纏う白銀の輝きは、攻撃を拒絶する絶対の鎧なのだ。

「ですが……」

一度ではなく二度、三度、四度。ノアは目にもとまらぬ速さで高速斬撃を連続で放ち続ける。止まらぬ刃の雨は白銀の奔流と化しシルヴェスター王を覆いつくすが、傷の一つもつけられていない。

「無駄を続けるか。お前らしくないな」

「無駄かどうかは、分かりませんよ」

ノアの攻撃はダメージを与えることは実現していないが、シルヴェスター王の動きは封じ込めた。

その隙間を縫うように、背後からクレオメが飛び掛かる。

（『選別』の前では、不要と断じられた攻撃は完全に無効化されてしまう……ですが逆に言えば、不要と断じられない攻撃は無効化されない。ならば認識外からの一撃こそが勝機）

認識された瞬間に『選別』が行われ拒絶されてしまうなら、認識されぬ間に一撃を叩き込む。シルヴェスター王の意識をノアに引きつけている間に、忍び寄ったクレオメが高速の刃を挟み込む
――――！

「…………ッ!?」

されど刃は王に届くことなく。

ノアが放った無数の斬撃と等しく、『選別』によって不要な一撃に変換されている。

今にも剣が砕けそうなほどに硬く強固な光は、クレオメの一閃を完全に拒絶していた。

「下らぬ」

一手目は読まれていた。だとすれば二手目を打つまでだ。

今の間に距離を詰め、直接的に剣を叩き込む。クレオメとの意思疎通は目線だけで十分だ。

互いに手を取り合い、華麗なるワルツを踊るかのように。互いの一撃一撃を繋ぎ合わせ、途切れぬ永久の刃を繰り出していく。

全身に漲らせた魔力の光が円の軌跡を描き、白銀の嵐が覆い囲むかのような光景が、魔導船の上に広がる。

（二人一組の高速連撃。意識を削ぎながら機を窺い、隙を衝くことが出来れば、或いは……）

「淡いな」

ノアとクレオメの纏う魔力の光を強引にねじ伏せ、かき消さんとする、圧倒的な魔力が奔る。波動となって駆けぬけたそれは、有無を言わさず二人を弾き飛ばした。

「っ……！　立っているだけで、これだなんて……！」

「とても同じ『権能』を持っている相手とは思えませんね。デタラメとはまさにこのことですか」

「呑気なことを言ってる場合ですか……！　例のモノは!?」

「あとは仕掛けを御覧じるのみですよ」

「ならさっさとお願いします。あのバケモノ相手にそう長くはもちませんから」

「フッ。バケモノとは容赦がないですね。仮にも――」

じとっとしたクレオメの視線は「無駄口を叩くな」「そんな涼しい顔をしてる余裕があるならさっさとしろ」とでも言いたげだ。

「分かっていますよ。では、参りましょう」

剣を握り締め、再度繰り出す。新たに構築するは、二人一組の刃が生み出す白銀の嵐。

先程と同様、不動たる有様を示すシルヴェスター王の身体には傷一つついていない。

「次は何の芸だ？」

このままではさっきと同じ結果になってしまうだろう。

（このまま、ならば）

認識されている限りは攻撃が一切通らない。

そして彼の認識は、ノアとクレオメを捉えている。

（そう。我ら二人に引き寄せられている）

テンポを崩す。クレオメと視線を合わせ、跳躍。空中で身を捻り、回転させ、勢いのまま上から叩きつける。威力をいくら引き上げようとも、不要と『選別』された以上ダメージは与えられない。

（故に）

クレオメと共に連係し、傷一つつけることの出来ない攻撃を繰り返していたことには意味がある。

相手が不動であることを逆手に取り、周囲をかき回すように動き続けたことよって『円』を描いた。

魔法において『円』とは術式を書き込む枠であり、この『円』自体が魔法的な意味を持つ。ノアが口にした『仕掛け』とは連係攻撃によって描いた『円』。その内に密かに刻み込んだ術式による罠。

（穿つことが出来る）

シルヴェスター王の足元から、光の柱が迸る。

かの『邪竜戦争』において数多の邪竜の鱗を焼き尽くし、灰にし、葬り去ったとされる必殺術式『神速の白矢』。

神速の名が冠する通り、起動から発動までの時間は一秒にも満たない、ゼロに限りなく近い速度で放たれる。ノアとクレオメの連係攻撃で意識を引きつけ、直前の攻撃で視線も上に引きつけた。

「…………」

「…………」

ノアとクレオメはただ無言で光の柱が収まるのを待つ。

これで倒せるとは思っていない。しかし、少なからずダメージはあったはず。そのダメージで仮面を破壊することが出来ていることが、最善の結果だが。

「────小細工は」

光が、かき消される。

想像していた中で最悪の結果が、目の前に在った。

「これで、終いか？」

無傷。変わらず堂々と佇み続けるシルヴェスター王の身体に、傷の一つも存在していない。

「まさか……反応してみせた……？　そんな……！」

「……どうやら最初から、こちらの手の内は読まれていたようですね」

以前、『四葉の塔』事件においてアリシア・アークライトは策の一環としてローラ・スウィフトとの決闘を繰り広げたことがあった。その際に妖精界にのみ咲く、重力に逆らう神秘の華について存じていた。重力を操ることを得意とするアリシアにとって、その花はある種の天敵。弱みを衝くモノであるからこそ、既知のものとしている。シルヴェスター王も同じで、『神速の白矢』を含めた己が魔法の弱点となる要素は把握し、対応できるようにしているのだろう。

（アニマ・アニムスが直接操っていたのならば、今の一撃で勝負は決していたかもしれない……ですが、歪められているとはいえ戦闘自体はシルヴェスター王本人が担っている。だからこそ、今の一手が破られた……『従属』の属性。想像以上に厄介ですね）

破られてしまった以上、この場に対応策は存在しない。

人手の足りない状況で、ただでさえ少ない弱点をカバーされてしまっては、どうしようもない。

「いやはや、お手上げですね。分かっていたことですが、私の力では手に負えないらしい」

「それは、死を受け入れるということか？」

「いいえ？　とんでもない」

優雅に微笑み。

月に浮かぶ人影を瞳に捉えて。

「まだ、とっておきの切り札が残っていますから」

金色の髪が揺れる。転移魔法によって現れた少女は、少年の腕に抱かれていた。

お姫様抱っこの姿勢を解き、少年の背中を押す一声をかける。

「任せたわよ。わたしのリオン」

「はいっ！」

天より飛来せし希望の切り札は、拳に焔を纏っていた。

「――――『選別』する」

この『選別』は『権能』に対しても有効だ。四つある『権能』で最も高い出力を持つ獣闘衣《オーラ》ですら完全に無効化してしまうだろう。

ただし、

「――――『支配』する！」

切り札が握るのは焔だけではない。

魔界の姫より与えられし、あらゆる魔法を支配する『権能』。

それは『選別』など寄せ付けず、絶対防御すら支配下に置く。

「…………ッ!?」

「おぉおおおおおおおおおおッ！」

燃え盛る紅蓮の拳は、王の不動を殴り崩した。

第八話　聖剣の輝き、開く真実

姫様の転移魔法で駆けつけた時、『神速の白矢』が天を穿つのが見えた。ノア様とクレオメさんが対シルヴェスター王に向けて備えていた秘策。しかし圧倒的な魔力に揺らぎはなく、彼らの一撃が王に届かなかったことを知った俺は、咄嗟に飛んだ。

かの王が齎す『選別』の力を『支配』することで無効化し、焔の拳を届かせた。

その後、姫様が優雅に降り立ち、遅れて俺も甲板に着地する。

「ノア様、クレオメさん。ご無事でしたか」

「正直助かりましたよ。丁度、打つ手がなくなってしまったところですから」

肩をすくめるノア様の隣で、クレオメさんが頷く。

「リオンさんがここに来たということは、あちらも大方うまくいったようですね」

「お二人のおかげです。あとは……」

一撃を叩き込むことが出来たものの、肌を突き刺すような威圧感が削がれた様子は一切ない。シルヴェスター王は全身に魔力を漲らせながら、今もなお余裕を纏いながら佇んでいる。

「何か得るものはあったんでしょうね」

「少なくともこの船に罠の類は仕掛けられてないとみていいでしょう。しばらく戦闘を行っていましたが、伏兵も見当たりませんでしたし」

間を置き、ノア様は瞳に確信に満ちた光を宿す。

「分かったことは二つ。……一つ目。シルヴェスター王は、私たちを心の底から敵だと信じて疑っていない状態にあります。これは精神を歪められたことによるもの。操られているというよりも……アニマ・アニムスの都合の良い方向に精神が歪められ、従属させられたということ」

「二つ目は？」

「シルヴェスター王は、十全に力を発揮できない。おそらくは『団結』の属性を以てして、『従属』の属性に抗った結果でしょう」

「アレで、ですか……」

「仮に万全だったとしたら、私もクレオメも、リオン君が駆けつけてくれるまでもっていませんよ」

「……成程。解せぬとは思っていたが」

ノア様に向けられたのは鋭き眼光。

こちらの考えを見透かしてきそうな恐ろしさを抱えた、王の眼。

「王族である貴様らが、先兵に徹していたというわけか。ソレを確実に届かせるために」

「貴方を止めたいからこそ、ですよ。情報を集め、状況を己が掌の上に収めた上で切り札をきる……貴方は私に、そう教えてくれたはずです。それに、一つ訂正して頂きたい」

告げて、ノア様は王に刃を向ける。

「彼は『ソレ』ではない。今は『リオン』という名を持っている。貴方もそれは、重々承知のはず」

「そのような些事に拘る貴様は、やはり王たる器にはなりえん。一時でも騙ることを許した我が愚行を恥じるとしようか」

輝きが奔る。満ちる。爆ぜる。

これまでにない高密度の魔力が凝縮し――シルヴェスター王の手の中に、『剣』という形を得て顕現する。

「もはや『選別』は不要。お前は我が罪。過ち。汚れ」

その『剣』は光を放っていた。輝いていた。煌めいていた。

「全て、総て、凡て。断ち斬ってやろう」

前回の『四葉の塔』事件で戦った竜人《ドラゴニユート》とは比べ物にならない、偉大かつ荘厳なる力の結晶。まさに威光を形にし、研ぎ澄ましたかのような圧倒的かつ絶対的な力。

「っ……！」

俺はあの光を知っている。ノア様も、クレオメさんも、姫様も。

既知のものとしているはずだ。

王家に縁のあるものならば、あの輝きも煌めきも、『権能』を得た者たちが目指す次なる段階だと知っている。

「……困りましたね。まさか『団結』の属性。その第二段階――『レベル2』を持ち出してくることは」

神より与えられし『権能』は、所有者の成長に合わせて幾つかの段階《レベル》に分けられている。修練と鍛錬の果てに『権能』を使いこなした者のみが到達する領域。その内の一つが『レベル2』……剣の顕現である。

各属性ごとに顕現する『剣』は異なり、『団結』の属性は『聖剣』だ。

シルヴェスター王が摑む剣は紛れもない、聖剣の輝きを放っていた。

「精神操作されている状況では、高密度の魔力を操る『レベル2』など発動できない状態だと踏んでいましたが……残念なことにアテが外れてしまったようです」

「……ま、今回ばかりは何も言わないであげるわ。わたしだって同じ推論を立てていたもの。わたし達の落ち度は、『従属』の属性……いや、裏の権能を侮っていたことね」

「貴方にしては手心を加えて頂き大変ありがたいですね。ついでに、対抗策を伺っても？」

「気合よ」

「それは素晴らしい」

これまでは姫様にしてもノア様にしても、一種の余裕のようなものがあった。

策があり、状況を切り拓けるビジョンを持っていた。

しかし、この二人の会話を聞いてみる限り……今回は相当ヤバい、ということだけはひしひしと伝わってきた。

「一応聞いておくけど、この中で『レベル2』に到達している気の利いた救世主はいるかしら？」

「いたらとっくに手をあげてると思いますがね。アリシア姫、貴方はどうなんです？」

「あとちょっとのところまで来てるけど、残念ながら今すぐにとはいかないわ」

「今回ばかりは貴方の天才っぷりに期待したんですがね……残念です」

「……なんで勝手に残念がられなきゃいけないのよ」

むしろ『あとちょっと』の段階まで来ている姫様が規格外であり、十分に天才だ。

ただ、今は状況が少し……いや、かなり悪い。それが問題だ。

「……来ます！」

察知したのはクレオメさん。直後、振り下ろされた聖剣より、白銀の光が斬撃となって放たれる。

速い。

かろうじて姫様を抱えて飛びのいた直後、殺意に塗れた斬撃が横切り——派手な音をまき散らしながら、海面が裂けた。

「精神操作されているにもかかわらずデタラメな威力ね……ホント、やってくれるわ」

姫様は魔力を瞬時に練り上げ、掌を王に向けてかざす。

瞬間、周囲の空間に凄まじい圧力が生まれた。

「——ひれ伏しなさい！」

魔族が持つ『支配』属性より発現せし、『空間支配』の『権能』。

世界そのものを支配する力としてシルヴェスター王に襲い掛かるはずだった重力。

それを、

「囀《さえず》るな」

斬って、捨てた。

聖なる剣の輝きは、魔力によって生み出された重力をいとも容易く両断し、拒絶する。

「姫様の『権能』を破った……!?」

前回の『四葉の塔』事件においては竜人をも押さえつけ、あのローラ様ですら『神秘』属性の権能を用いて重力に対応する華を生み出すといった方法で対処した。それだって、真正面から破ったとはいえない。だけど、今のは違う。

純然たる魔力《チカラ》を以てして、ねじ伏せた。

「やっぱり今の私じゃ『レベル2』を押さえつけることは難しいみたいね」

「十分ですよ。この隙に、」

「私たちが仕掛けます！」

重力による拘束はならなかったが、斬って捨てた際の一瞬の隙は見出された。

既にノア様とクレオメさんは接近を果たし――――それぞれの刃を、王へと解き放つ。

二人は全身に白銀の光を激しく迸らせ漲らせ、纏い、研ぎ澄ませた上での連係攻撃を、嵐の如く王に叩き込み続ける。が、王はそれを真正面から、堂々と聖剣で受け止め、いなし、捌き、難なく対応してみせている。

今や俺の『魔法支配』の権能によって『選別』を含む魔法は封じた。ノア様とクレオメさんは逆に魔法を存分に使うことが出来る。事実、彼らは肉体強化の魔法を行使し、目にもとまらぬ速度での戦闘を実現している。肉体強化だけにとどめているのは、生半可な魔法は逆に隙を生み出すが故。

対するシルヴェスター王は欠片程も動じていない。

『団結』の属性で強化した魔力のみで二人の権能保有者を相手にし、状況を優位に運んでいる。援護したいところだが、下手に手を出すと連係を崩しかねない。

それほどまでに二人の連係は整っている。呼吸も、リズムも、タイミングも、何もかもが合致している。仮に俺があそこに駆け付けても出来ることはない。二人だけの間で通じ合っている何かを阻害してしまうことだろう。

特に姫様の場合は力が大きい分、連係には向かない。ノア様とクレオメさんを巻き込んでしまう。

「滑稽な」

輝きが辺りを駆け抜ける。

魔法じゃない。単純に聖剣から魔力を放出しただけだ。

「ぐっ……!?」

「うっ……!?」

たったそれだけで、ノア様とクレオメさんの連係が途切れた。刃の乱舞が止み、二人が崩れ、宙を舞う。完全に無防備と化した二人。

姫様の動きは素早かった。すぐさま重力の力を操作、漆黒の球体を構築。

球体に引き寄せる力を利用し、空中で身動きの取れない二人を強引にこちらに引っ張り込む。

「児戯を見せるな。嘆かわしい」

だが、シルヴェスター王の動きもまた速かった。

剣を上空に向けて突き出すと、光が打ちあがり、弾け……天より無数の刃が降り注ぐ。

「魔力だけでデタラメが過ぎる！」

発動させたのは水の力。姫様をお守りする為の盾を構築し、降りしきる刃雨をなんとか防いでいく。その間に姫様が作りだした重力の球体は蜂の巣にされ爆発し、魔力の欠片となって消え去ってゆく。

「ノア様、クレオメさん……！」

二人は刃の雨を捌くことで致命傷は免れていたものの、全身に刃を掠め、血を流していく。

そこに叩き込まれるは、鮮烈なる嵐の如き一閃。

くらったら不味いと感覚で理解したのだろう。ノア様は咄嗟に空中で身を捻り、クレオメさんを手で突き飛ばした。

「ノアっ……！」

クレオメさんが見せた驚愕の表情から察するに、これは連係の一部ではない。完全に予期せぬこと。ノア様はそれをよそに、王の一閃を正面から剣で受け止めた。

しかし、目に見えてパワーの差がある。覆す術を持たぬノア様は、なけなしの魔法による防御ごと、剣を両断され――――胸に、真っ赤な血華が咲く。

「っ……ぁ、ぐ………！」

「所詮は曲芸。王道に非ず。地べたを転がり這いずり回れ。貴様には相応しいと断じてやろう」

血をまき散らしながら甲板に叩きつけられたノア様の身体めがけて、シルヴェスター王は聖剣の刃を振るう。魔力の斬撃は周囲を抉りながら迫り、ノア様の命を奪わんとする凶刃と化す。

「姫様！」

それ以上の言葉は不要だった。姫様は俺に触れると、すぐさま短距離転移魔法を発動。

一瞬にして斬撃の目の前に立ちはだかった俺は、焔の拳で聖剣を受け止める。

「ッ……！　らぁッ！」

拳を振り抜き、振り払い。

斬撃を強引に殴り飛ばした。そのまま甲板を蹴り、シルヴェスター王と正面から激突。

刃を弾いたタイミングを見計らい、今度は脚に水の刃を構築。下方向から不意を衝くように蹴り上げる……だが、シルヴェスター王は聖剣で容易に受け止めると、そのまま圧倒的な魔力《パワー》に任せるまま刃を叩き折る。

「折れ……!?」

「無駄だと言った」

「がはっ……！」

鋭く重い一撃が懐に入った。それが王の拳だと気づくのに、数秒ほど要した。

肺の空気が吐き出され、視界が揺れる。勢いのまま身体は宙を舞い、地面を転がってゆく。

「リオン！」

転移で先回りしたであろう姫様が俺の身体を抱き留めてくれた。

「だい、じょうぶ、です……！」

格好悪いところは見せたくない。たったそれだけの意地で気力を振り絞り、立ち上がる。

その時だった。


「いやぁ、頑張りますねぇ」


緊迫した場に相応しくない、羽のように軽い拍手の音が、暗黒の空に響き渡る。

「アニマ・アニムス……！」

「ご機嫌よう。今宵の主催者として、顔を見せぬわけにはいかないと思いまして」

薄っぺらい笑顔を張りつけた彼は、周囲をぐるりと見回した。

未だ健在たるシルヴェスター王。姫様と、彼女の前に立ち踏ん張っている俺と。

加えて傷口を押さえながら跪くノア様と、彼を支えているクレオメさん。

それらを眺めた後、深い深いため息をつく。

「ですが……足りません。刺激が足りません」

落胆。彼の顔に浮かんでいたのは、己の期待を裏切られたことに対する失望。

「強大な敵を前に一致団結して戦う。ええ、それは王道ですとも。ただ貴方がたの戦いには、味がない……まさに無味無臭。ただ、戦うのみ。ただ、立ち向かうのみ。嗚呼、つまらない。白紙の頁と何ら変わりない。これでは記し、捧げるに能《あた》わない」

その言葉を俺は正しく理解することが出来なかったが、姫様は何かを察したらしい。

彼女にしては珍しく焦ったように重力による拘束を発動するが、シルヴェスター王は瞬時に斬り裂き、アニマ・アニムスは涼し気な表情のまま佇んでいる。

「過保護ですね。アリシア・アークライト」

次の瞬間、姫様は己の身を転移させ、アニマ・アニムスの背後から強襲。

拳に纏いし漆黒の焔は、姫様の転移スピードに対応したシルヴェスター王が持つ聖剣の輝きによって阻まれた。

「その口を閉じなさい。今、すぐに」

「この状況で真実を告げることに抵抗があるのですか？　立ちはだかる聖剣の輝きは、彼にとってあまりに残酷だと。お優しいことですが……」

帽子の下で唇の端が歪む。

「その優しさは、私好みではない」

「っ……！」

シルヴェスター王の聖剣が、漆黒の焔を押し崩した。

（あの姫様がパワー負けした……!?　いや、それよりも！）

力を振り絞り体勢を崩した姫様のもとに駆け付ける。

二撃目が届く前になんとか身体を滑り込ませ、大切な彼女を抱きしめながら地面に向かって飛び込んだ。されど王の一閃は凄まじく、振り下ろされた二撃目は甲板を盛大に喰らう。直撃は避けながらも巻き起こる膨大な衝撃波が俺たちを襲い、転がりながら姫様の身体を護ることだけで精いっぱいだった。

「リオン……ごめんなさい、私……」

「謝る必要が、どこにあるんですか。あなたを護ることが、俺の使命なんですから……それよりも、無事でよかっ、たっ……!?」

衝撃。数瞬遅れて、王の脚によって蹴り飛ばされたことに気づく。

護るべき姫様から引き離され、無様に転がり込むことしか出来なかった。全身を苛む痛みに動きが鈍っている間に、悠然と歩み寄ったシルヴェスター王に背中を踏みつけられ、動きを封じられる。

「が、あっ……！　ぐっ……！」

「下手な動きは見せぬことです。アリシア・アークライト。この夜空に、恋人の首を添えたくないのなら、ね」

アニマ・アニムスの言葉に従うかのように、俺の首元に聖剣の刃を突き付けるシルヴェスター王。そして道化師は一歩、また一歩と。踏みしめるような、噛み締めるような足取りで俺の下に近づいてきた。

「お前……一体、何が目的だ……！」

「物語を見たい。それだけですとも」

そのにこやかな笑みは、どうしても張りつけたものにしか見えなかった。

「ですがこれではつまらない。故に、君に真実という名の華を添えさせて頂こうかと」

「真、実……？」

薄っぺらな笑顔。白々しい言葉。

「今、貴方を踏み躙り、首元に刃をかけているシルヴェスター王こそ……リオン君。貴方の本当の父親です」

「…………………っ!?」

嘘だと切り捨てればいい。俺を弄ぶための嘘だと、否定すればいい。だけど出来なかった。分かってしまった。理屈ではなく、感覚で。

「貴方こそハイランド王家に生まれし、第二王位継承者。『団結』の属性をその身に宿しているのが何よりの証拠」

彼が口にした真実。そこに嘘偽りはないということを。

「貴方も心では分かっているご様子。そう……貴方の持つ『焰』の力も、先ほど見せてくれた『水』の力も、どちらも権能由来のもの。正確に言えば、『団結』の権能が持つ『繋がる力』と、『支配』属性が持つ『支配の力』が混ざり合い、新たな一つの『権能』と化したものに他ならない」

心の中にずっと、疑問はあった。

俺が持つのは『魔法を支配する権能』。だというのになぜ、『焰』や『水』の力が生まれたのか。兄貴たちの持つエレメントの力を……『権能』の力を、この身に宿すことが出来たのか。『四葉の塔』での戦いにおいて、尽きていたはずの魔力がなぜ増えたのか。あの白銀の輝きは、何だったのか。

――すべて『団結』の属性によるものだとすれば、説明がつく。

「他者に『権能』を与えることが出来る力を持った存在、『クラウン』は本来一世代に一人。ですが不幸なことに、貴方は世界で唯一の例外……二人目の『クラウン』として生まれてしまった……それ故に王家と王国の安寧を乱す者と断じられ、『選別』され、王家を追放されたのです」

アニマ・アニムスは笑顔を絶やさず、滑らかに言葉を紡ぎ続ける。

「つまり今、貴方を踏み躙っているその王は……王家と貴方を秤にかけ、選別し、貴方を不要と断じて切り捨てた張本人！　そんな王が今！　再び！　貴方を不要と断じ、切り捨てようとしているのです！」

両手を広げて高らかに。

歌うように、彼は問うてくる。

「どうですか？　貴方の心の中には今、何が踊っていますか？　怒りですか？　憎しみですか？　それとも……悲しみでしょうか？　まあ、いずれにしても――」

「――――どうでもいい」

流暢に、口ずさむように、歌うように言葉を並べていたアニマ・アニムスが、止まる。

「…………は？」

「どうでもいいって言ったんだ」

焔が滾る。拳に纏う。聖なる剣を、摑み取る。

「俺が王家の人間だとか、選別されたとか、追放されたとか、真実だとか……そんなこと、どうだっていい！」

「むッ……!?」

全身から噴き出す焔が、シルヴェスター王を弾き飛ばす。

「アニマ・アニムス……お前は俺を、不幸だと言ったな」

立ち上がる。

「ふざけるなよ」

ゆっくり、静かに。

「兄貴が俺を拾ってくれた。四天王の方々が俺を育ててくれた。みんなが俺を、本当の家族みたいに受け入れてくれた」

だけど、力強く。

「姫様のお傍にいることを許された。姫様が、俺を愛してくれた」

敵を見据えて、拳を握って。

「不幸だなんて、勝手に決めるな。俺は幸せだ。世界で一番、誰よりも！」

焔を纏い、燃え盛る。

「だから今更、自分が王家だったとか、そんな事実どうでもいい。それよりも……わざわざそんなことを告げるためだけに、人の心を歪めたお前が許せない！」

白銀の輝きが迸る。

力が湧き上がり、焔がより強く、より熱く燃え滾っていく。

「愛故に齎された幸福……そうですか。君も………」

アニマ・アニムスが何を口にしようとしたのか。

そんなことに興味はないとばかりに燃える拳を解き放つが、聖剣の輝きによって阻まれる。

「ッ……！　おぉおおおおおおおおおおおおおッ！」

拳を振るう。叩きつける。絶え間なく、真っすぐに。

負けられない。負けてやるわけにはいかない。

見せてやるんだ。自分の父だという人に。

俺がどれほど幸福で、俺がどれほど愛を受けて育ってきたか。

本当ならこんな形で見せたくはなかった。でも、今は！

「愚劣が過ぎる」

「────ッ！」

躱せない。真っすぐとした、堂々とした聖なる刃の軌道。

焔を纏った両腕を防御に回して受け止める！

「ッッッ……！　くっ……！」

勢いを受け止めきれない。踏ん張りがきかない。

脚が少しずつ、後ろに後ろにずらされていく。

「まだ、だ……！　まだ……！」

「――そう、まだです！」

王の真横から、人影が……クレオメさんが飛び込み、鋭き刃の一閃を繰り出した。

剣に強化の魔法と風の魔法を纏わせた、強大な一撃。

「チィッ……！」

シルヴェスター王は咄嗟に魔力による防御を発動。聖剣の圧倒的な輝きは風を押しのけるが、意識が削がれた。その隙を縫うかのように、膨大な魔力を練り上げていた姫様の手が動く！

「――ひれ伏しなさい！」

重力による制圧。

初撃は切り捨てられたそれは、ついにシルヴェスター王に片膝をつかせた。

「リオン！」

「リオンさん！」

姫様とクレオメさんの声に押され、白銀の輝きを以て更なる魔力を焔と変える。

拳に生まれし焔は燃え盛る紅蓮の星。全てを焼き尽くす灼熱の嵐のように激しく渦巻きながら、波打っている。

（届け……！　届いてくれ！）

聖剣を押しのけ、潜り抜け。

渾身の一撃を、今の俺の全力を、ありったけを――――ぶつける！

「――――ッッッッ！」

炸裂した拳。視界が真っ赤な輝きで埋め尽くされた。

爆発と轟音。

巻き起こる焔が晴れた頃。

呼吸を乱しながらも、周囲を確認する。真っ先に無事を確認したのは、姫様の姿だ。

王を押さえつけるためにかなりの無理をしていたせいか、魔力も枯渇して息を切らしているが……無事だ。まずはそのことにほっとする。次いでクレオメさんも、息を切らしながらも無事な姿を見せてくれた。

「なん、とか……皆無事で、よかっ……」

「余所見とは、大したものだな」

声が、響く。

冷たく、鋭く。

殺意に濡れた、声。

焔と煙が晴れた後。無傷のまま、その健在を示すかのように威光を放つ王が、そこにいた。

「そん、な………」

あの一撃は確かに捉えていた。直撃していた。

だが、それでも……倒すには至っていない。それどころか傷の一つも負っていない。

片膝をついている俺たちを前に、二本の脚で堂々と佇んでいる。

「今の一撃、骨はあった。必死を握り、決死を詰め込んだ一撃……故に届かぬ。この王にはな」

王は一歩、膝をつく俺の下に歩み寄る。

「余裕なき一撃は隙を生む。それ故に王は悠然たる歩みを示す。勝てる戦を『選別』し、取りこぼさぬようにな」

「まさか…………！」

余裕。そんなもの、俺にはなかった。

魔力の限りを尽くした一撃を放つ。届かせることに全力を尽くしていた。

だからこそ、見逃した。致命的な状況を。

「――――『選別』の、魔法……!?　あの土壇場で!?」

俺が持つ『魔法支配の権能』は自動的に発動するものではない。相手の魔法を認識して発動することが出来る魔法。それ故に、発動するという意志を示さないことには発動しない。

先ほどの全力の一撃を繰り出した際。俺に相手の魔法を見極め、権能を発動させる余裕など何処にもなかった。だが、シルヴェスター王は違った。あの一瞬。ほんの僅かな時間。俺の状態を見極め、的確に『選別』の魔法を発動し――――見事に、焔を防ぎ切った。

この度胸と胆力。王が王たりえる所以か。

「リオン。貴様は既に、私が『選別』したモノ」

聖剣の刃が煌めく。神々しくも、その刃は殺意に濡れている。

「リオ、ン……！　逃げなさい、リオン……！　リオンッ！」

姫様の声が聞こえてくるが……ダメだ。動くことが、出来ない。

先ほどの焔。相当な無理をしたせいか、身体に反動が来ている。呼吸も整わない。指先一つ、動かすことが出来ない。せめてあと少しでも、時間があれば……！

「お願い、リオン……！　逃げて……！　逃げて、リオン――――！」

刃の切っ先が、心臓に狙いを定めた。

「その命、不要とする」

さながら審判の如き一撃は、躊躇うことなく放たれ。

「っ………！」


死。


言葉が脳裏を過ったその時――――白銀の光が、視界を覆う。

純白のコートを纏う背中を真紅に染め。

聖剣の刃が……俺の心臓ではなく、ある人を穿ち貫いた。

「ノア、様………」

呆然としたまま呟くと、目の前の背中からほんの僅かな安堵の様子を感じる。

笑っているのかもしれない。顔は見えないけれど。

「どうやら、間に合ってくれたようですね……っ」

口から大量の液体が吐き出される音。脚の隙間から、甲板の床に血が飛び散るのが見えた。

「どう、して……どうして、ノア様……！」

「どうしても、何も……可愛い弟のためですよ。少しは、格好もつけたくなるじゃないですか」

弟……そうだ。

俺がハイランド家の生まれだったということは、同じ王族であるノア様は、俺の兄ということに
――、

「――――弟だと？」

肉を引きずる生々しい音と共に、聖剣が引き抜かれた。

ノア様は糸が切れた人形のように身体を崩しながら膝をつく。

「笑わせるな。我が王家の威光を穢すつもりか」

シルヴェスター王の眼は相変わらず冷たく……いや、もっとだ。

ゾッとするような寒さを彷彿とさせる。冷酷で、残酷で……あれは、家族を見る眼じゃない。路傍の石……いや、ゴミを見るような。

「シルヴェスター王……！　おやめ、ください……！　その言葉だけは、口にしてはならない！

彼は……彼は、大切な家族でしょう！」

クレオメさんが必死に叫んでいる。

何かに対して。開けてはならない箱を開けるなと、叫んでいるような。

「まさか忘れてはいないだろうな？　ノア……貴様は所詮、人形に過ぎないと」

必死に叫ぶクレオメさんの言葉は、精神を歪められた今のシルヴェスター王には届いていない。

従属させている張本人であるアニマ・アニムスは、高みの見物とばかりに眺めているだけ。それがまた、嫌な予感を呼び起こす。

「忘れているなら思い出させてやろう。我がハイランド家、真の王位継承者は……今はクレオメと名乗り、そこに転がっている我が娘」

王の、言葉を。

俺はすぐに理解することが、出来なかった。

「血の繋がりなどない貴様は、所詮はただの替え玉に過ぎん。紛い物として踊ることのみ許された人形が、家族を欲するなど滑稽だ」

第九話　二人で一つのエンゲージ

かつては灰色の世界に生きていた。

親はいない。いたのかもしれないが、顔も名前も知らない。

分かっているのは、ノアがはした金と引き換えに、どこぞの実験好きの魔法使いに売られてしまったということ。

薄汚いボロ雑巾のような人間だったノアは、魔力に恵まれていた。素材としては上質だった。たいていの痛みは身体に刻まれただろうし、時には魔力を限界間際まで絞りつくされもした。生きていたのは恵まれた魔力のおかげであり、生きて苦しみが続いたのも、魔力のせいでもあった。しかし、結果的にはこれは幸せなことだったのだろう。

王族に匹敵する魔力を持つが故に、王族に見出されたのだから。

たまたま向こうが、条件に合う人形を探していて。

たまたまノアが、向こうの条件に合っていたのだ。

「打算と企み。その上で、私は君のような人材を欲している」

工房に乗り込んできた騎士たちを率いていた一人の男……シルヴェスター・ハイランド。

彼の眼は、当時五歳だった子供《ノア》に向けるようなものではなく、かける言葉も、五歳児の子供に向けるようなものではなかった。

「私の依頼をのめば、ある程度の富は約束しよう。しかし、君は紛い物の人生を送ることになるだろう。王家に全てを捧げ、動くだけの……人形としての生を送ることになるだろう」

彼はたぶん、ノアを一人の対等な人間として、見てくれていたと思う。

「断ってくれても構わない。君を保護した後、人並みの生活を送ることが出来るように最大限の努力はさせてもらう」

人並みの生活を送ったところで、今更胸の中に空いた『穴』は埋まらない。

それよりも目の前にいる『王』が眩しかった。

この灰色の世界を照らす光に焦がれた。

何より――ほしいものが、手に入ると思った。

「構いませんよ。私の人生でよければ、差し上げます」

その時、その瞬間。

――ノア・ハイランドという名の紛い物が生まれた。

王より依頼された仕事は、『やがて王座につく娘の影武者になること』。

つまりは王族を騙り、演じること。

本物なんてどこにもない。中身のない偽物だ。

ハイランド王家が神より与えられた『団結』の属性は、人との繋がりを力に変える権能。

それ故に、王族たる『クラウン』が権能を他者に与える際は、人選を慎重にする必要がある。

まだ判断能力が培われていない、幼い王族を誑かそうとする者は後を絶たないだろうし、当時のハイランド家は王族を狙った事件が続いていた。

それ故に王は娘を案じ、影武者を用意することを考えた。

少し前までただの奴隷であり、魔法使いの実験用素材でしかなかった、薄汚い少年が王家の衣を纏い騙ることを許されたのもそのため。

「傍から見れば、滑稽でしょうね」

空っぽの人形になってまで、欲しいものがあった。

空っぽの偽物になってまで、憧れるものがあった。

地位などいらない。名誉などいらない。

ましてや王家の肩書など、必要としていない。

富だとか、名声だとか、そんなものが欲しいのではない。

そんなものではこの胸に空いている穴は埋まらない。

……そう。

ノアは、人形になる前から空っぽだった。

物心ついた時から、自分の中には何もなかった。

「私は……私が、欲しいのは――」

☆

糸が切れた人形のようだった。

膝をつくノア様から、ずるりと刃が引き抜かれる。

王は冷酷な瞳を以て見下しながら、聖剣の刃を振り上げた。

「させません！」

殺戮の輝きをクレオメさんの白刃が阻む。

「邪魔をするか。我が娘でありながら」

「しますとも。貴方にこれ以上、過ちを重ねさせないためにも……！」

「……『楽園島』で過ごす内に腑抜けたらしいな」

容赦なく振り下ろされた一閃は、クレオメさんの持つ剣を容易く両断する。

「うっ……!?」

魔力、魔法による防御を固めていたはず。『レベル２』の力の前では、薄紙も同然と言わんばかりの破壊力を見せつけてきた。

「たかが人形。壊れた程度で喚くな。王たる者、些事を斬り捨てることが道と知れ」

「っ………！」

有無を言わさぬ二撃目。躊躇いも無い。選別し、断ち切るためのモノ。

されど振るわれた刃が届くその前に、クレオメさんの姿が消える。

代わりに揺れる金色の髪。漆黒の焔を纏いし鋭い蹴りが、シルヴェスター王の横から入った。聖剣によって防がれたものの、王を大きく後ろまで吹き飛ばすことに成功する。

「間一髪、ってところかしらね」

「姫様……！」

駆けつけたと同時に、クレオメさんを転移魔法で他の場所に飛ばしたのか！

「魔力が尽きたはずじゃ……」

「前に魔力がなくなって痛い目を見たんだもの。対策ぐらいしてるわよ」

言いつつ、姫様は俺に小瓶を放り投げた。

中に入ったどろっとした液体は、ローラ様が作ってくれたあの秘薬だ。

『四葉の塔』事件の際、姫様はナイジェルの罠にはまり魔力が枯渇した状態にあった。

その時の反省をいかし、あらかじめ予備をいくつか持っていたのだろう。姫様の桁外れの回復力と合わせればごく短時間で魔力をある程度回復させることも不可能ではない。

「クレオメ。貴方、回復魔法は使えるわよね？」

シルヴェスター王を睨みながら、姫様が問う。

クレオメさんは俺たちのすぐ後ろに転移させられていたらしい……はっとしながら、「はい。少しですが……」と、静かに頷いた。

「だったらすぐに治療を始めて。急げばまだ命は繋げるはず……ある程度回復させたら、ノアを連れてリオンと一緒に遠くへ逃げなさい」

「アリシア姫……ですが、貴方は………」

「わたしはここであいつを食い止める」

「無茶です、姫様！　俺も……！」

「これは命令よ」

言葉はどこか刺々しい。だけどそんなの、嘘だ。

無理を言おうとする俺を押しとどめようとしている優しさが込められていることぐらい、分かる。

「あなたはノアとクレオメの傍にいてあげなさい。だって……」

きゅっと拳を握り締める姫様の後ろ姿は、何かを決意するかのようで。

「……家族なんだもの。あなたの家族を、支えてあげて」

「っ………！」

姫様は、前から知ってたんだ。

俺がハイランド王家の子供であることを。

それからずっと……ずっとずっと、俺のことを考えてくれていた。

俺の幸せを考えていてくれた。

それが分かる。分かってしまう。分かってしまうからこそ、彼女の言葉を無理に振り払うことが出来なかった。

「大丈夫よ。死ぬつもりなんかないし……一応、アテもあるから」

言いつつ、姫様はノア様へと視線を向ける。

「くたばるんじゃないわよ」

姫様なりの応援《エール》を残して。彼女は単身、シルヴェスター王のもとへと向かった。

☆

呼吸を整える。エルフ族の秘薬による効果だろう。体内の魔力もかなり回復してきた。

自身の状態を確かめつつ、アリシアはシルヴェスター王と向かい合う。

「精神操作で意思を歪められて……哀れなものね」

「王を哀れむか。小娘如きが」

「それすらも、所詮は台詞《セリフ》。貴方自身の言葉じゃない。ましてや王としての言葉ですらない。そんな言葉に誰もついていかないわ」

アリシアは強く、意志を込めて言葉を紡ぐ。

「ノアが人形ですって？　冗談でしょ。中身のない言葉を並べている今の貴方こそ、ただの人形じゃない」

静かに激しく、魔力を練り上げていく。

「さっさとぶん殴って、目ぇ覚まさせてあげるわ」

膨れ上がった膨大な魔力を権能に注ぐ。

「っ……！　レベル……２────！」

爆誕する漆黒の力。その奔流がアリシアを包み込む。

「くっ……あぁっ……！」

自分自身ですら制御が難しいじゃじゃ馬を、力ずくで抑え込み、なんとか形に仕上げてみせる。

「はぁあああああああああっ！」

掴む。そして、振り抜く。

歪で力強い、悲鳴にも似た音と共に────暴れ狂う漆黒の魔力が顕現する。

（っ……！　やっぱり今は……これが、限界……！）

己の右手に現れたソレは、剣と呼べるかもわからない、不安定な魔力の塊。

完全な『レベル２』には至っていない証拠。

「『レベル２』の成り損ないか。そんなモノで、この私を討てるとでも？」

「人形の貴方には、成り損ないで十分ってことよ」

互いの身体から溢れ出した魔力が爆ぜ、激突する。

「────ほざくなよ、小娘」

「────喚かないでよ、王様」

殺戮の白銀と、支配の漆黒。

剣を携えし二人は、互いの刃を激突させた。

☆

姫様が戦っている。

不完全ながらも『レベル２』の力を行使して。だけど……あの力がいつまでも持続するとは思えない。負担を強いられているはずだ。

本当なら今すぐにでも駆けつけたい。

「リオンさん……」

「……分かってます。今、俺がすべきことは……『家族』の傍にいることですから」

俺が王族だとか、それどころかノア様が王族じゃなかったとか。

いきなり色々な事実を知って混乱していることは事実だ。

でもノア様は、俺のことを『弟』だと言ってくれた。たとえ血が繋がっていなくても、王族じゃなかったとしても……その言葉一つあれば、想いがあれば……家族としての愛があれば、それだけで十分だ。

姫様も同じ気持ちだったからこそ、俺に残るように言ったのだ。

その想いを無駄にするわけにはいかない。

今の俺に出来ることはノア様の傍にいること。クレオメさんの回復魔法がうまくいってくれるように祈ること。

「………っ……」

「ノアっ…………！」

まだ息も浅い。出血を止めただけの応急処置に過ぎないが、ノア様の意識が回復した。

「どうやら……ご迷惑を、おかけしてしまったようですね……」

「胸を裂かれ、腹に穴を空けられておきながら、開口一番がそれですか……！」

クレオメさんの言葉は「自分の身を案じろ」と言っているようにも聞こえる。

……きっとこの二人の中にも、見えない繋がりがあるのだろう。

「手厳しいですね。しかし、これが私でよかった……何しろ………」

「自分が人形などと……そんなバカなことを口にしたら、その面をひっぱたきますよ！」

「とても怪我人にかける言葉とは思えませんね」

苦笑しつつ、ノア様は俺の方を見る。

「……驚かせてしまいましたか？」

「……少し」

言いながら視線を揺らすと、クレオメさんと目があった。

「クレオメさんも、知ってたんですか」

「ノアがかつてこの真実に自力で辿り着き、父に確認した、その時に」

回復魔法に専念しているクレオメさんの額には汗が滲んでいる。

彼女の疲労、負担も相当なものだ。しかしそれでも、彼女は必死にノア様の命を繋ぎ止めようとしている。

「貴方が生きていると知った時……嬉しかった。追放した王家の者である以上、こんなことを言う資格はないと思ってますが……」

「喜んで、くれたんですか？」

「死んだと思っていた弟が生きていて、喜ばない姉がいるものですか」

その言葉にどこか救われたような気がした。

……そうか。俺は心のどこかで怯えていたんだ。本当の家族という存在に。

「本当は、もっと早くに会いたかったんですけどね。しかし、貴方は常にアリシア姫の傍に居ましたから」

「姫様は、勘が鋭いですからね」

「ええ。不用意に近づけば、私と貴方の間にある血の繋がりを、悟られる恐れがありましたから。それどころか、ノアが影武者であるという事実も看破しかねなかった」

だから俺たちが島に来てからしばらくの間、それこそ『四葉の塔』事件においても姿を現さなかったのか。

「……クレオメは、『四葉の塔』事件の後、何度かリオン君の姿を物陰から窺ってたことがあるんですよ。突然、弟が生きてると分かって驚いて……ソワソワして……可愛い弟のことが、気になって仕方がなかったんでしょう」

「の、ノアっ！　それは言わない約束だと……！」

「ふっ……これは、失礼しました……」

ノア様は口元を微かに綻ばせる。

「リオン君……私はね、家族がほしかったんです」

「家族……」

クレオメさんは何も言わず、回復魔法に専念している。ノア様は独り夜空を見上げながら、ぽつぽつと語り始めた。

「私は親の顔を知りません。生まれてすぐ、少しのお金と引き換えに、売られてしまいましたから」

それはきっと、『ノア・ハイランド』となる前のこと。

「ですが幸いなことに、私には才能がありました。魔法にしても勉学にしても、剣技にしても。故に運よく、生き残ることが出来ました。運よく、王家に拾ってもらえることになりました。しかし……私の中には、常に何かが欠けていましたし、それらの才能があったとしても満ち足りることはありませんでした」

ノア様は静かに目を伏せる。少しの間を置いて、

「才能があっても、私には何もありません。ガワが良いだけの、ただの人形……だから私は、欲しいと手を伸ばしたんです」

……ああ、そうか。何となくだけど、分かった気がする。

「私は家族が欲しい。家族という名の繋がりが、欲しいと思いました。私には何もありません。何もない人形だからこそ、繋がりが欲しいと……そう、思ったんです」

「……ノア様は相変わらず、回りくどいですね」

「……回りくどい、とは？」

どうやら気づいていないらしい。

この人は器用なように見せかけているけど、実際はとても不器用なんだ。

「ノア様は、寂しかったんですよ」

色々な言葉で包み込んでいたけれど、彼の素直な気持ちはきっとそこだ。

言葉を受けたノア様は目を丸くしていて。

「寂しかった……ああ、そうですか。そうだったんですね……」

その笑顔は、まるで彼の中で何かが腑に落ちたかのようだった。

「私は、寂しかったんですね」

噛み締めるような言葉。

それに、クレオメさんが小さく笑う。

「ふふっ……寂しがりやさんですか。貴方も意外と、可愛らしいところがあったんですね」

ノア様は肩をすくめると、

「リオン君……寂しがりやで、繋がりを欲していた私からすれば。貴方も大切な、家族の一員です。少なくとも私は、そう思っています」

「………はい」

ノア様は、戦闘が繰り広げられているであろう方向に視線を向けた。

「私が君を大切だと思っているように。君にも、大切にしている繋がりがあるはずです。だから、行きなさい。王を止め、愛する人を護りなさい」

「ノア様……ですが、俺の力で王を止めることは……」

真剣な力のこもった眼差しが、俺の瞳を捉える。

「王家と息子を天秤にかけて、王は息子の追放を選びました。国と愛を天秤にかけて、王は国を選びました。それが正しいとも間違っているとも、私には言えません。ですが君には、拳を振るう資格があり、王を止める力がある」

「俺に、ですか？」

「そうです。彼は愛を選別し、斬り捨てた。故に――――」

ノア様の手が、俺の拳を優しく包み込む。

「――――愛を握った拳こそ、王を討つ力となる」

☆

「く、うっ………………!」

聖剣の刃に圧され、アリシアは大きく後ろに弾け飛ぶ。

かろうじて展開した『レベル2』擬《もど》きの刃はボロボロで、今にも消滅してしまいそうだったが、それを再構築している余裕もない。『レベル2』を完全に己のモノに出来ていない以上、不安定で制御が利かない力であり、仮に時間があっても再構築が出来るかどうか。

(これだけ打ち合ったのに無傷だなんて……まったく。どこの『王』も、みんな化け物であることに変わりはないのね)

脳裏に浮かぶのは、魔界の王……魔王の姿。これまで鍛錬の一環として父たる魔王と刃を交えたことも、脅威を払う魔王の力を目にしたこともある。

「………っ!」

シルヴェスター王の姿が消えた。白銀の軌跡を目で追い、反応。漆黒の刃を以て聖剣の刃を受け止める。衝撃と魔力に耐えられず、魔力の塊たる刃に亀裂が入った。

(もたない……!)

広がる亀裂。崩壊は避けられず、かろうじて刃の形を保っていた魔力の塊は、粉々に砕け散った。

「儚く散れ」

『レベル2』の制御を失ったことで、咄嗟な転移魔法の発動が出来ない。

追撃の一刀を防ぐ手段がない。

今のアリシアに許された行動は、振り下ろされた刃を受け入れることのみ。

「────っ！」

真紅に染まるはずだった聖剣の刃は、空を断つ。

遅れて、優しき温もりが体を包み込んでいることに気づく。

「…………リオン」

愛しい王子様が自分をお姫様抱っこして連れ去って、颯爽と助けてくれた。

それがちょっぴり恥ずかしくもあり、だけどとても嬉しくて。

「……逃げなさいって言ったじゃない。命令、したでしょ…………」

「俺は姫様の護衛である前に、あなたの恋人です。逃げ出すわけにはいかないでしょう。命令違反の処罰なら、後で幾らでも受けますから」

さらっと出てきた言葉に思わず頬が赤く染まる。

「……そんなの……ずるいわ」

これでは怒るに怒れないと思いつつ、彼の頬に触れる。

「ありがと。助けてくれて……大好きよ、わたしの王子様《リオン》」

☆

間に合った。

腕の中に抱きかかえた姫様の存在を確かめつつ、内心ほっと胸をなでおろす。

それにしても……姫様のいう『アテ』とは、『レベル2』のことだったのか。

不完全だったとはいえ、王と真正面から打ち合える程の出力《パワー》。その段階まで実現させていたとは。

改めて、自分の恋人がいかに天才であるかを思い知らされる。いや、天才という一言で片づけてしまうのも失礼だろう。いつもはしれっとしたまま強大な力を行使する姫様だが、その裏では他の王族同様、相応の努力を積み重ねていることは確かなのだから。

「ッ……！」

抱きかかえていた最愛の人を下ろしつつ、王が放つ圧倒的な威光を肌で感じ取る。

でも隣には姫様がいる。世界で一番愛している人がいる。

そうだ。一歩後ろに下がるんじゃない。

「……姫様。手を繋いでもいいですか」

護衛としての立ち位置じゃ、部下としての立ち位置じゃいけないいんだ。

隣に立たなきゃ、いけないいんだ。

「姫様の護衛としてじゃなく、あなたの恋人として。隣に並び立つ者として」

「……ええ。もちろんよ」

いつもは姫様の方から手を差し出してくれた。手を繋いで、俺を連れ出してくれた。

でも、今は違う。そうしてはいけない。そうさせてはいけない。

俺の方から手を差し出し、手を繋ぐ。指を絡める。

姫様は何も問わずに、自然に応じてくれた。

「何の真似だ？」

「ノア様が教えてくれたんだ。貴方を止める方法を」

目の前にいるのはかつてない強敵。人間界に君臨する聖剣の王。

だというのに……今、恐怖はない。

「――愛を握ったこの拳が、貴方を討つ力となる」

不思議と、ノア様の言葉を信じることができた。

胸の中にストンと落ちた。そこにあるべきピースが嵌ったかのように、彼の言葉を受け入れることが出来た。

そうだ。姫様と繋いだこの手の中には……。

「人形の戯言に踊らされた道化如きが、王を討てると自惚れるか」

「勝てる！　一人じゃ無理でも、愛を握る二人なら！」

「ならば消えろ。輝きの彼方に」

掲げられた聖剣から、天をも穿つ光が吹き上がる。

膨大な魔力の束は他の干渉を許すまいと言わんばかりに振り下ろされた。

触れれば瞬きの間もなく身体は失せてしまうだろう。砕け散り、灰となり、この世界から一切の痕跡を残すこともなく消えてしまうだろう。

俺が、一人で在ったなら。

だけど今は、一人じゃない。

胸の中に光が灯る。『団結』の属性。白銀の輝き。繋がりが力に変わる。

叫ぶ。心に浮かんだ、誓いの言葉を。


「レベル2――」

言葉に応えるかのように全身から漆黒の焔が迸る。

「――エンゲージ！」


黒焔は俺と姫様、二人の身体を覆いつくし……激しく波打つ。

首元から焔の帯が伸び、さながらマフラーのように揺らめいた。

「姫様、一緒に戦ってください！」

視界が染まる。真っ白に。圧倒的なまでの力の奔流が押し寄せる。

それでも俺たちは止まらない。倒れない。ひれ伏さない。

「戦いましょう。一緒に、どこまでも！」

二人で身体に纏う黒き焔。更なる魔力を発し、白銀の輝きを押しのける。

王が振り下ろした一刀は漆黒の焰によって喰らいつくされ、魔力の欠片となって霧散した。

「……何だ、ソレは」

強大な一撃を放ってもなお、健在で立ちはだかる俺たちに対し、シルヴェスター王は言葉を漏らす。

「聖剣はおろか、魔剣すらも顕現していない。それが『レベル2』だと……？　ありえん……なんだ、貴様は。なんの理屈があって、そこに立っている？」

「剣は王道。拳は邪道。だけどそれでも構わない……聖剣よりも魔剣よりも、掴むべきモノがここにある！」

力が漲る。纏う黒き焰から、姫様の権能《チカラ》を感じる。

……負ける気がしない。

「今度は俺がリードします」

「お手柔らかにお願いするわ」

甲板を鋭く蹴り、飛び掛かる。

動作、呼吸、タイミング。全てが完全に合致し、シンクロする。

合図なんて必要ない。姫様の動きは全て手にとるように理解できたし、それは姫様も同じだろう。

この『レベル2』はそういう力だ。

「小僧如きが愛を語るな」

振るわれた聖なる刃。漆黒の焰を滾らせ、拳で受け止める。

力で圧し負けていない。これなら打ち合える。聖剣の王と！

「おぉおおおおおおおおおおおおおおッ！」

拳による連撃をひたすら叩きつけながら、今度は脚技を交え、手数で圧していく。

その背後から姫様が転移で奇襲。焔による噴射を用いた、重い拳を一直線に解き放つ。

王はその強靱な背中に、目玉でもつけているのかと疑いたくもなるような反応速度を見せつけてきた。豪快に身体を捻り、跳躍し、俺たちの挟撃を回避する。

「躱したところで、それだけだ！」

飛び込んできた姫様は拳を開く。俺は彼女の手を受け止め、指を絡める。踊るように回転《ターン》し、姫様は甲板に着地。回転の勢いを利用し、そのまま俺を王のもとへと華麗に投げ飛ばした。

「芸は見飽きたと言っている」

王はあくまでも冷静だ。跳躍と同時に聖剣に魔力を溜めていたのか、一瞬の隙もなく迎撃の刃を放ってきた。

空中で身動きのとれない今の俺になら、直撃させることが出来ると踏んでの選択。

少し前までの俺ならこれで終わっていただろう。

「けど、今は違う！」

空間の認識。発動させる魔法は、短距離転移。

視界が切り替わり、俺は一瞬にしてシルヴェスター王の背後に回り込んでいた。

同時に姫様も転移によって出現。俺たちは対象を失った斬撃をよそに、焔を集めて拳を構える。

「転移魔法……!?」

「遅いっ!!」

驚愕の間を与えず、二人揃った焔の拳が王の顔を捉え、そのまま一気に殴り飛ばす。

追撃。甲板に叩きつけられた王に対し手をかざして魔力を解放させる。

「──さあ、ひれ伏せ!」

本来ならば姫様が持つ力。『空間支配』の権能より齎される重力の制圧。

『レベル2』の力で二乗化されている今のパワーは、聖剣の輝きをも押さえつける。

「なぜ貴様がアリシア・アークライトの力を……!」

「あら。リオンだけじゃないわよ?」

重力で押さえつけている間、姫様は既に転移魔法でシルヴェスター王の懐に潜り込んでいた。

魔王の娘たる姫様は、しきたりにより四天王の全員から一通りの鍛錬を受けている。俺と同じ拳に焔を灯し戦うというスタイルは、兄貴から受け継いだものであり、これまでにも幾度か見せていた。だが今、彼女の拳に滾っている漆黒の焔に込められた魔力は従来の比ではない。

魔王軍兵士も顔負けの、渾身の右ストレートが聖剣に叩き込まれ、防御に徹したはずの王を体ごと大きく後ろに吹き飛ばした。

「これ、は……! リオンが持つ権能の焔……!?」

姫様が繰り出した拳の焔。

あれはイストール兄貴とネモイ姉さんの力を融合させた権能の焔。

デレク様との戦いをきっかけに目覚めた、俺の権能の力。

「『権能の共有』による強化。これが貴様の『レベル2』か……！」

俺の『レベル2』の力、エンゲージを発動させた瞬間に理解した。これは権能を共有する力であり、互いの権能を掛け合わせることでその力を二乗化させるもの。

だから俺にも姫様の力を行使することが出来るし、姫様も俺の力を行使することが出来る。でも、

「それだけじゃない」

姫様と通じ合うことが出来る。互いの気持ちを理解することが出来る。

それがこの『レベル2』が持つ一番の力。

「互いに繋がり通じ合う。心を愛で結ぶ力……ただの強化と言わせない！」

「そういうこと。ここからは二重奏《デュエット》でお相手するわ」

「耳障りな……！」

シルヴェスター王と俺たちは同時に加速し、激突。

白と黒が織りなす三つの輝きは甲板から空中へ、空中から海上へと次々と場所を変え、夜空に輝く星々のように瞬いていく。

転移による連係。重力による制圧。焔によるパワー。完全連係を実現した二対一。

「否、うぬぼれが過ぎる！　所詮は鈍《なまくら》、有象無象！」

「ッ!?」

聖剣の輝きが膨れ上がり、圧倒的な魔力の奔流に流され、拳が弾かれる。

王の威光は未だ健在。凄まじき殺戮の光として立ちふさがった。

勢いは完全に断ち切られ、状況はまた五分の状態に引き戻されたということ。

何か、何でもいい……王に届く一撃となりうる、新たな一手が欲しい……！

「あと一押し……何か……！」

姫様と共に拳を以て聖なる刃の猛撃を捌き、空高く跳躍。

転移による連係で空間全体を縦横無尽に駆け回りながら王を手数で圧倒していくが、これも長くはもたない。転移魔法は強力だが消耗が激しい。

空中を転移して回りつつ、周囲を探る。

周りには何がある。海。港。半壊した魔導船……いや、そうか！　あそこには……！

「任せて」

言葉にせずとも通じ合っている。

俺の考えを読み取り理解してくれた姫様は、一人先に魔導船の甲板に降り立った。

そして、

「――――支配されなさい！」

迸る光の柱。

ノア様とクレオメさんが残した魔法の陣はまだ生きている。

姫様が再起動させたのはノア様とクレオメさんが残した必殺術式『神速の白矢』。

本来ならば直線に進む強大な魔力の一撃を、俺の『魔法支配』の権能によって支配し、操作し、軌道を捻じ曲げる。

全魔法中でもトップクラスの速度を誇る高位魔法による背後からの奇襲攻撃。

「子供の浅知恵。愚かしい！」

それすら、シルヴェスター王は躱してみせる。

類まれなる反応速度。いや、王としての在り方が寄せ付けなかったのか。

「小細工を使ったところで………むッ!?」

魔法はまだ生きている。

『神速の白矢』が齎した魔力の塊を俺と姫様は二人で纏い、その推進力を制御。

白き光は漆黒の焔に染まり、天を斬り裂く一筋の流星と化す。

輝きの最中、俺と姫様は互いに手を繋いでいた。指を絡めた恋人の繋ぎ方。力はより強く、深く、大きくなっていく。

駆ける。

一直線に、真っすぐに。

対する王は全身全霊、全力全開。これまでにないほどの、最強最大の一撃を光へと変えていた。

迫りくる俺たちに対し、聖剣の刃を振り下ろす。

聖なる光の斬撃。

恐れず進む。繋いだ手が勇気と力をくれるから。

「この一撃で――――」

「――終わらせる！」

流星の如き一閃と化した俺たちは、そのまま光の斬撃に対して渾身のダブルキックを叩き込む。

『神速の白矢』から得た推進力と『レベル2』によって二乗化した魔力。漆黒の焔が白銀の輝きを喰らい、貫き穿つ。

全魔力を一点に集約させた一撃は、シルヴェスター王が放つ威光の中を突き進む。

この『神速の白矢』には、ノア様とクレオメさん……家族の想いが詰まっている。

「だから負けない……負けられない！　貴方にだけは！」

「ッッッッッ…………………！」

光を斬り裂き、その果てに王の姿を捉える。

感じる……彼の胸に、仮面が埋め込まれている。

狙うべきところが見えた。アレを壊せば、王を解放する事が出来る。

「姫様……！」

「リオン……！」

ぎゅっと互いの手を強く握る。力を振り絞るように……勇気を分けてもらえるように。

「「いっけぇえええええええええええ！」」

脚部の焔は全ての輝きを斬り裂き、王の胸に届く。

強固な仮面が砕かれ、破片となっていく感触。俺たちのキックを喰らったシルヴェスター王から冷酷な輝きが消え失せていく。

昇る朝日の輝きに照らされて、王は呪縛より解き放たれた。

☆

策謀と謀略は潰えた。

されどアニマ・アニムスの顔に浮かぶは焦燥でも遺憾でも痛恨でもなく。

「ああ、困りましたね」

自らの敗北を認める、清々しき笑み。

「私は弱いんですよ。愛を以て駆け抜ける、刹那を生きる者の姿には」

手の中にある書物の頁を、愛おしく撫でる。

物語は既に刻んだ。彼にとっての最低限の目的は既に果たしたと言える。

「異なる種族に芽生えし愛。片や人間、片や魔族。先に在るのは孤独の時。理解を問うてみたい気持ちもありますが……」

　呟いた後、満足げに本を閉じる。

「……今日のところは退いておきましょう。かつて同じ道を歩んだ者のよしみとしてね」

　言の葉が紡ぐ通り、彼の姿は溶けていくように消失した。

エピローグ

シルヴェスター王との戦いから数日が経った。

傷の深いノア様や、『団結の騎士団』を相手どったデレク様、ローラ様、マリアの三人を含むあの戦いの負傷者たちは全員命に別状はない。しかし、無傷というわけでもないので多くの者がそれぞれの場所で回復に専念している。

とはいえ、今回の騒動は島中の人々が知ることとなった。

魔導船はボロボロだし、講堂の中もメチャクチャだし、およそ隠しきれるものでもないので当然といえば当然だが。

王が敵の術中に陥り王族に刃を向けたこと。これは大きな失態と言えるだろう。しかし、デレク様やローラ様、姫様たち他種族の王族からの働きかけと、彼ら彼女ら王族たちの尽力によって敵の企みを阻止できたことは高く評価された。

また、敵……アニマ・アニムスと名乗る男の力。『裏の権能』の存在も公表されたことで、世の関心がそちらに傾いたことも事態の鎮静化に一役買った。

ノア様とクレオメさんの正体に関しては伏せられたままだ。

現状維持を続けていくということなのだろう。幸いにして、人々の関心は『裏の権能』の方に向けられているので二人の正体がバレることもなかった（むしろそれを狙っていた可能性もあるが）。

そんなこんなで外の世界が波を立てている中、俺はというと……。

「……熱い」

寝込んでいた。

シルヴェスター王との戦いの前、ローラ様から貰ったエルフ族の秘薬の副作用である。

魔力が足りなくなって二本目を飲んだせいか、数日たった今も熱が完全に引いてくれない。眩暈や倦怠感はかなり治まってきた。

大人しく寝込んでいるだけの状態は色々ともどかしいが仕方がない……と、大人しく眠っていようとしていたところで、部屋の扉が軽くノックされた。

「リオン。入っても、いいかしら」

「勿論です。どうぞ」

姫様はベッドの傍にある椅子に腰かけるや否や、その顔を近づけてきて……。

（えっ、い、今!?）

キスされると思って身構えていたら、こつん、と額同士がくっついた。

姫様が近い。文字通りの目の前にいて、落ち着かない。鼓動が高鳴る。身体が熱くなる。

これは副作用のせいだけじゃない。

「ん。熱は引いてきたみたいね」

言うと、額の感触が離れる。つい拍子抜けしたような表情をしてしまったのだろう。姫様はくすっと笑い、

「あらリオン。残念そうだけど……何を期待してたのかしら？」

「べ、別に期待なんてしてませんよ」

「そう？　正直に言ってくれたら、あなたの期待に応えたんだけど」

ダメだ。このままだと確実にいいようにされる。勝ち目がないから、話題を変えよう。

「というか、姫様の方は大丈夫なんですか？　同じ秘薬を飲んだじゃないですか」

「副作用はすぐにおさまったわ。リオンの場合は連続で服用したから、熱も酷くなってるのよ」

確かに。でもあの時はああするしかなかったからなぁ……。

「ふふっ。寝込んじゃった時になんだけど、嬉しいわ。リオンをこうして看病出来るんだから」

「嬉しがらないでくださいよ」

「病人なんだもの。好きに甘えてもいいのよ？」

「……ちょっと考えてさせてください」

こっちは病人だというのに姫様は随分と嬉しそうだ。

「…………」

「…………」

どことなく気まずい、探るような沈黙。これは別に今のやり取りとは関係ない。ただ、お互いにかける言葉が見つからないのだ。

俺がハイランド王家の人間だったことが分かって、本当の家族も知って。ここ数日はドタバタしてたから先送りしていた問題が、こうしたふとした時に浮き上がる……いつまでも逃げるわけにはいかないということも、お互いに分かっている。

「……父親には、会わないの？」

「……会って何を話せばいいのか、分からないんです」

頭の中で言いたいことを整理していく。

俺が姫様に伝えたいことを言葉にしていく。

「正直『今更』って感じがするんですよね。元々、捨てられたもんだと思ってましたし。追放されたんで、似たようなものなんですけど……俺は兄貴たちに拾われて、本当の家族みたいに育ててもらって……それに姫様と出会うこともできました。これ以上の幸せって考えられないぐらいに幸せです。だから本当の家族とか言われても、実感もないし興味もないっていうか……」

言葉を遮るように、姫様が手を包み込んできた。

……優しい。思いやりと愛情にあふれた手だ。

「だったら尚更、会わなくちゃ」

「姫様……でも」

「リオン。今回わたしたちがシルヴェスター王を止めることが出来たのは、この島に来て紡いだ人との繋がりがあったからよ。デレクやローラ、マリアにノア、クレオメ……みんなが繋いだバトンを受け取って、わたしたちは戦った。だから勝てた」

そうだ。誰か一人でも欠けていたら、きっと結果は変わっていた。

ここに俺も姫様もいなかったかもしれない。

「そんなあなたが、人との繋がりを否定しちゃいけないわ。……確かに、誰かと繋がることはいいことばかりじゃない。辛いことや苦しいこともある。でも、だからって、そこから目を背けちゃダメ。良いことも悪いことも含めて、『繋がり』なんだから」

姫様は一瞬の間を置いた。そのほんの小さな間にどんな意味が込められていたのか。どんな想いがあったのか。今の俺は知ることが出来ない。

「自分の家族と向き合ってきなさい。それがきっと、あなたの幸せに繋がるわ」

それからどれぐらいの時間、見つめ合っていただろう。

窓の隙間から入ってくる風が心地好い。姫様の金色の髪が仄かに揺れて。

「今この時を以て、護衛の任を解くわ……あなたは家族のところに戻りなさい」

「……でも、俺は」

「離れてても家族は家族……でしょ?」

彼女がどれほど俺の幸せを願ってくれているか。それが分かってしまう。分かってしまう、からこそ……。

「……わかりました」

沈黙の末に出した答え。

姫様は笑ってくれた。でもその笑顔は、いつもみたいに輝いてはいなかった。

☆

「……………」

目の前の書類の束をぼんやりと眺めるアリシアだが、手は一切動いていない。以前はあれだけ捗っていたはずの作業が全く進まなかった。

「アリシア様。少し休憩されてはいかがですか」

言いながら、マリアが机に新しいカップを置いてくれた。傍には一口もつけず、すっかり冷めきってしまったカップが残っている。気を利かせて新しいのを淹れてきてくれたのだろう。

「ん……ごめんなさい、集中できなくて」

マリアが新しく淹れてくれた紅茶に口をつける。「美味しいわ。ありがと」と、お礼の言葉を告げながらも、その後すぐ心ここにあらずの状態に戻る。

「リオン様が去って、もう三日ですか」

「そうね……今頃、仲良くしているんじゃないかしら」

三日前。熱が引いたリオンを、ノアたちの住んでいる屋敷まで送り出してきた。向こうには回復に専念して休息をとっているシルヴェスター王もいる。戻ってきていないということは、それなりに上手くやっているのだろう。

「今日はシルヴェスター王が人間界に戻る日だと伺っています……リオン様は」

「……もしかしたら、船に乗っているかもしれないわね」

元々リオンがこの島に来たのは、種族間対立問題への対処とアリシア護衛のため。前者は既に解決しており、後者はその任を解いた。リオンという少年がもうこの島に留まる理由はない。

「……アリシア様はそれでよろしかったのですか？」

マリアの問いに、つい数日前なら見栄をはって答えることが出来ただろう。

「いつものアリシア様なら――――」

だけど今は口を開くことも出来ない。少しでも口を開けば、本音と本心が溢れ出てしまいそうだから。

「……申し訳ありません。余計なことを」

「気にしないで。むしろ嬉しかったわ。ありがと、マリア」

「……お茶菓子でも用意してきますね」

軽く頭を下げて下がっていくマリアを見て、アリシアの胸がちくりと痛む。

(気を遣わせちゃったみたいね)

本当なら今すぐにでも会いに行きたい。だけどここで引き留めてしまえば、それはリオンから幸せの可能性を一つ奪ってしまうことになるのではないか。そう思うと踏み出せなかったし、踏み出してはいけないと思った。

(……いつものわたし、か)

確かにいつものアリシアならば、自分の気持ちを優先させていたかもしれない。

（でも……今はわたしの気持ちよりも）

リオンの幸せを優先させたい。

だから、

「…………」

仕事が手に付かない。ベッドに身を投げ出して、瞼を閉じる。このまま眠ってしまえば、気も紛れるかもしれない。

「――――また夜更かしでもしたんですか？」

「…………っ!?」

聞き慣れた、心地良い声に惹かれて飛び起きる。

目の前にいるはずのない人がいた。会いたくてたまらない人がいた。

「いつも言ってるじゃないですか。研究も結構ですが、自分の体を大事にしてくださいって。まったく……俺がちょっと目を離すといつもこうなんですから」

「りお、ん……？　リオン？　どうして？」

「えっ？　いや、どうしても何もシルヴェスター王に挨拶を済ませてきたので、戻ってきたんですけど……」

「だから、どうして戻ってきたの!?　せっかく、家族と一緒にいられるようになったのに……！」

「ああ、それですか」

最初は苦笑。次に、むすっとした不機嫌そうな顔。

「……ちょっと失礼します」

リオンがこんな表情を見せるのはとても珍しく、アリシアは呆気に取られてしまい……彼の指が、アリシアの額を軽く弾いたことに気づかなかった。いわゆるデコピンだ。

「痛っ。えっ？　えっ？」

「勝手に俺の幸せを決めないでください」

「りおん……？」

見たところ、怒っている。それだけは間違いない。

「姫様が俺のことをたくさん考えてくれていることは分かります。俺の幸せを願ってくれていることも分かります。でも……俺の幸せは、俺が決めるものです。姫様に決めてもらうものじゃありません」

デコピンよりも痛かった。頬をひっぱたかれた方がマシだというぐらいに。

心の中に、胸の奥にずっとずっと突き刺さった。

「ごめんなさい。わたし………」

自惚れていた。傲慢だったともいえる。

リオンの幸せを勝手に定義づけてしまっていた。家族と一緒にいる方がいいと決めつけていた。

（違う……それだけじゃ、ない）

リオンの可能性を奪うことが怖かった。自分のワガママでリオンの持つ、ありえるかもしれない幸せを奪ってしまうことが怖かった。

それはリオンのためだけじゃない。自分のためだ。自分が傷つかないためでもあった。

「リオンの幸せを願ってるフリをして、自分が傷つかないようにしてた……わたし、自分勝手ね」

「別にいいじゃないですか。俺はそんなこと気にしませんし、姫様が自分勝手なのは今に始まったことじゃないですし」

「…………真剣に反省してるんだけど」

「分かってますよ。だからそんな暗いカオしないでください……それに、姫様が俺のことをたくさん考えてくれてるのは、伝わってますから。フリなんかじゃないですよ」

「あっ」

指を搦め捕られた。腕を引っ張られて、腕の中に抱き寄せられて――そのまま唇を奪われた。

「――――っ」

不意打ちで、心の準備をする間もなかった。ドキドキと心臓の鼓動が早鐘をうって、顔が真っ赤に熱くなる。

「今の俺の幸せは、あなたと一緒にいることです。あなたの傍で、あなたと共に生きることです……それじゃダメですか?」

「…………だめじゃ、ないわ……」

リオンから攻めてくるとは思わなかった。ちょっぴり悔しいという気持ちがわいてくる。

「『四葉の塔』の時は、姫様にしてやられちゃいましたから。お返しです」

その恥ずかし気な笑顔も許してしまう。悔しいよりも、嬉しいの方が勝《まさ》っているから。

「……王とは、話が出来たの？」

「はい。ノア様やクレオメさんとも一緒に話をして……」

一瞬の間。噛み締めるような、何かを確認するような。

「……家族ってこんな感じなのかなって思いました」

顔を上げたリオンの顔には一切の迷いもなく。

「……本当に、傍にいなくてもいいの？」

「離れてても家族は家族、でしょ？　だから帰ってきちゃいました。今の俺がいたい場所は、姫様のお傍ですから」

「そう……父親と話してみて、どうだった？」

「……正直に白状すると、自信はないです。会話もぎくしゃくしちゃってるし……恨みとか憎しみとかは、ないんですけどね」

だったら。だとすれば。

今の自分ができること。すべきこと。したいことは。

「……リオン。ちょっと付き合ってほしいところがあるんだけど」

「構いませんよ。さっそく護衛の任に復帰できて嬉しいです」

「ん。護衛としてじゃなくてね」

心の中に一つの決意を抱いて。

「わたしの恋人として、一緒に来てほしいの」

☆

幸いにも出港まで少し時間が残っていた。

転移魔法ですぐさま駆けつけたアリシアは、ちょうど港に見送りに来ていたノアとクレオメを摑まえた。

「ちょっとシルヴェスター王に会わせて欲しいんだけど」

「構いませんよ。貴方ならそうするだろうと思って、出発を少し延ばしてもらってましたから。まあ、思っていたよりは到着が遅かったですけどね」

「斬られて穿たれた程度じゃその減らず口は治らなかったようね」

「ええ。きっと、死ぬまで治らないでしょう。勿論、死ぬつもりはありません」

何の用と聞かない辺りそれなりに気が利く男だが、相変わらず余計な言葉が多い。

「こんなところで火花を散らせないでください。時間を無駄に使う気ですか」

肩をすくめるクレオメ。彼女の言うことも尤もなので、リオンを連れて船の中に乗り込んでいく。

目当ての人物はすぐに見つかった。

「アリシア姫。それに……………」

シルヴェスター王はリオンの方へと視線を向ける。彼の中にはまだ何か思うところがあるのだろう。リオンの言った通り、二人の間はまだぎくしゃくとしている。

「……何か、大切な用があるのだね？」

「はい。とても大切で、とても重要なお話です」

その後、二人は客室に案内された。ここで王と話した時、最初はリオンを連れてこなかった。でも今は違う。今は隣に座っている。恋人として……シルヴェスター・ハイランドの息子として。

（だから今、わたしが言うことは――――）

呼吸を整える。ドキドキする心臓を落ち着かせる。

「今日はリオンのお父様に、お願いがあってきました」

アリシアの言葉に不意を衝かれたように、シルヴェスター王が呆気にとられる。

この表情は息子のリオンと似ているかもしれない、とちょっとした発見をしつつ。

アリシアはここに来るまで心の中で何度も繰り返し練習した言葉を、口にする。


「――――貴方の息子さんを、わたしにください」


場が静まり返る。リオンはぽかんと口を開けていて。シルヴェスター王は目を丸くしていた。

「ひ、ひ、姫様!?　何言ってるんですか!?」

「挨拶よ。わたしたち、恋人でもあるけど婚約者でもあるんだから。ちゃんと相手の親に挨拶しておかなくちゃいけないと思って」

今度はリオンが顔を赤くする番だった。さっきのお返しが出来た気がして嬉しい。

「……ふっ」

シルヴェスター王から笑みが漏れる。

「頼もしいな……君が息子の婚約者なら、私も安心だ」

「っ………」

彼は確かに口にした。『息子の婚約者』と。

(ああ、やっぱり)

リオンとシルヴェスター王の間にどんな会話がなされたのかは分からない。

だが、きっと。その時シルヴェスター王は、リオンの父だと胸を張って言うことが出来なかったのだろう。最初に話していた時も、名乗り出るつもりもなかったと口にしていた。

これは許しだ。

王が自分に対する許し。家族としての繋がりを持つことの許し。

同時に、きっかけでもあった。家族が歩み寄るための。

「私の息子を、よろしく頼む」

「任せてください。絶対に幸せにしてみせますから」

☆

魔導船が遠くに進んでいく。その姿は少しずつ小さくなっていく。

人間界。俺の生まれ故郷であるらしいところに帰っていく。

隣では姫様が一緒に見送ってくれていて、遠くに去っていく船を眺めている。

「まさか挨拶をされるとは思いませんでしたよ……」

「ふふっ。前からしてみたいなーって思ってたの」

ところで、と。姫様は付け足して、

「どうだった？　何かお話とか、できたかしら」

姫様の挨拶が済んだ後、少しだけ父親と話す時間があった。

短かったけど、この数日の中だと一番家族として、親子としての会話を交わせた気がする。

「気が向いたら、人間界に来るといいって言われました。その時はもてなすからと」

「じゃあ次は、お母さんへの挨拶かしら」

「ははは……それもいいかもしれないですね」

そんな日が来るのだろうか……来るといいな。

「……姫様、ありがとうございます」

「何のこと？」

「俺が父親と上手く話せてないから、繋ぎ止めてくれたんですよね」

「……さあね」

相変わらず素直じゃないなぁ……照れくさいんだろうけど。

いや、そんなところも可愛いんだけど。

「俺もがんばります。姫様を幸せにできるように……いや、絶対に幸せにしますから」

「あら。わたしはもう、かなり幸せよ？」

「じゃあ今よりもたくさん幸せにします」

「だったらわたしは、リオンを幸せにしてあげる」

彼女の華奢な身体を抱きしめながら心に誓う。

絶対に……この腕の中にいる最愛の人を、不幸になんてさせないと。

番外編　魔界のとある日常。或いは、赤い結び目

姫様の十五歳の誕生日を一週間後に控えたある日のこと。

俺は悩んでいた。これ以上ないというぐらいに、悩んでいた。

一体姫様にどんなプレゼントを贈ればいいのか。

毎年この時期はいつも悩む。一年で最も頭を使うといっても過言ではない。

いつもは四天王の方々に参考意見をうかがっているのだが、生憎と今年はタイミング悪くそれぞれ急に入った用事で魔王城を空けており、姫様の誕生日当日まで戻ってこない。

(今年は兄貴たちの力を借りられないのは痛いな)

特にレイラ姉貴の手を借りることが出来ないのは大きな痛手だ。

歌姫として世界各地を回っているレイラ姉貴は、珍しくかつ女性に喜んでもらえる贈り物にも詳しい上に、姫様の好みも把握している。

――とはいえ。

「リオンがくれるものなら、姫様は何でも喜んでくれるわよ」

これはレイラ姉貴だけの言葉ではない。四天王の方々が全員、皆が口を揃えて言うことだ。

だからといって何でもいいとは思えない。自分のセンスに自信があれば、と毎年頭を悩ませることになる。今みたいに。

「悩んでても始まらないか」

俺はとにかく行動してみることにした。

☆

魔界の姫の誕生日を控えているとあって、魔王城近くの街は活気づいていた。

当日は街をあげての盛大なお祭りが開催される。今はその準備に忙しいということなのだろう。

魔王城でも魔界の貴族たちが集まり華やかなパーティが行われる。その警備や護衛も俺の任務。本来ならば今日も誕生日に備えて不審なことが起きていないか、警戒の任務についていたはずだった。

自由に行動出来ているのは、つい先日突発的に入ってきた大きな任務を終わらせたばかりで、休息を与えられたため。逆に言えば、明日からは任務であまり身動きがとれなくなる。

焦りは募る。だけど、焦って半端なモノを用意したくはないという思いもある。

「プレゼント……うーん………」

あらためて考えると難しい。

妥当なトコロでいうと魔道具技術に関する何かだが、魔界は魔道具技術の最先端をいっているだけあって、姫様の手元の機材は最新のものが揃っている。かといって技術的なことに俺はあまり詳しくないため、資料系は難しい。

「仮に詳しかったとしても、それだけだと味気ないよな」

今年はちょっと特別だ。

『楽園島』にある魔法学院への入学を控えている。魔界を離れてしばらくはあの島で暮らすことになる以上、今年の誕生日プレゼントはいつもより特別なものにしたい。

「お疲れ様です、リオンさん！」

はきはきとした明るく元気な声と共に敬礼しているのは、魔王軍の鎧に身を包んだ魔族の青年、ミックだ。彼はイストール兄貴管轄の魔王軍兵士であり、俺とも任務を共にする機会が多い。そのせいか、今ではすっかり顔馴染みだ。

年齢的にもミックの方が上であるはずなのだが、

「リオンさんは人間の身でありながらあの四天王直々の厳しい鍛錬に耐えた上に、我々一般の兵士ではとうてい果たすことのできない数々の難しい任務をこなしてきた、魔王軍きってのスーパーエリートですから！　尊敬してます！」

ということらしい。そのため、こうして会話をかわす時はいつもちょっぴりむず痒くありつつも、階級や立場的には俺の方が上なので敬語抜きだ。

「こんなところで会うとは奇遇ですね！　リオンさんは確か今日はお休みをとられているはずでし

たが」

「ん。姫様の誕生日プレゼントを探すためにちょっと……」

……と、思いだす。

ミックは確か先日、長年付き合っていた恋人と結婚した。

俺も姫様と共に参列した。本来ならば魔界の姫がわざわざ一兵士の結婚式に参列することはありえないはずだが、たまたま俺から話を聞いた際、「結婚式」という言葉に反応し、目を輝かせて一緒に行くと言い出してきたのだ。


「ドレス姿の花嫁さん……素敵よね」

「やっぱり姫様も憧れるものなんですか？　ああいうのに」

「憧れよ。とっても。いつか着られればいいなって、思ってるわ」

「あはは。魔王様が聞いたら『まだ早い！』って言いながら泣いちゃいそうですね。でも、俺は楽しみにしてますよ。姫様の花嫁姿」

「そうね。わたしも楽しみにしているわ」


という会話をした記憶がある。式の最中、なぜか隣の姫様からのそわそわとした視線も感じていたのでよく覚えている。

「既婚者ってとこを見込んで相談したいことがあるんだけど、いいかな？」

「勿論です！　自分に出来ることがあるなら、何なりと！」

この元気も今は頼もしい。

「……姫様に誕生日プレゼントを贈りたいんだけど、女性が喜びそうなものに心当たりとかないかな？」

「リオンさんが贈ってくださるなら、アリシア様はどんなものでもお喜びになるかと思いますが……」

四天王の方々と同じ答えが返ってきたので肩を落としつつ、内心で首を傾げる。姫様はお優しいからって言いたいんだろうけど……なんでみんな同じこと言うんだろ。

「それは姫様がお優しいから」

「まあ……それもそうなんですが……」

なぜか『やれやれ』『アリシア様も大変だな』といった含みのある視線を感じる。解せない。

「と、とにかく。俺は女性の好みとか、よく分からないからさ。アドバイスが欲しいんだよ。今年は『楽園島』のこともあるし、ちょっと特別なものにしたいし」

「ふぅむ。アリシア様の好みはよく存じておりませんので、大雑把な範囲でしか言えませんが……指輪やネックレスなどのアクセサリーはいかがでしょう？」

「それも考えたんだけど、魔王城には最高級のアクセサリーや魔法石の類はいくらでも転がってるからなぁ。それに比べたら俺が買える程度のものなんてたかが知れてるし、そんなものを贈られても姫様も処分に困ると思って」

「いや、リオンさんから指輪を贈られたらアリシア様は泣いて喜ぶと思いますが……」

「えっ？　なんで？」

俺から指輪を贈られて、泣いて喜ぶ姫様……ダメだ。想像できない。

「アリシア様も苦労されているんですねぇ」

うんうんと一人頷いているが、俺を置いてけぼりにしないでほしい。

「っと、このまま長話もしてられないか。仕事中なのに呼び止めちゃって悪かったな。ありがとう、参考になったよ」

「いえいえ。素敵な誕生日プレゼントが見つかることを祈っております！　では！」

敬礼しつつ、ミックは元気な歩調で警戒任務に戻っていった。

☆

「あらリオン君。貴方一人でここに来るなんて、珍しい」

活気づいている大通りとは裏腹にひっそりとした路地裏。そこにある隠れ家的雰囲気の扉を潜った先に、フードを被ったミステリアスな魔族の女性が水晶に手をかざしながら、微笑みと共に出迎えた。

「ふふっ。もうすぐアリシア様のお誕生日ですし、プレゼントのヒントでもお探しに？」

「人の心を見透かすのはやめてくださいよ、ルーシャさん」

ここは姫様行きつけの占い屋であり、店主の占い師ことルーシャさんとも仲が良い。

……姫様、占いとかそういうの好きなんだよなぁ。

「あら。そんなこと、別に占わなくても分かりますわ。それに私の力は、ほんのささやかなものですから」

「ささやかなんてご謙遜を。かつての戦争じゃ、貴方の占いで多くの人命が救われたと聞いていますよ。特にレイラ姉貴とのコンビネーションは抜群だったとか」

「あれはレイラの力があってこそ……私はただ、偶然を摑んだだけですわ」

微笑みを崩さぬルーシャさんに肩をすくめる。レイラ姉貴とは親友の間柄である彼女とは俺も幼い頃から顔を合わせてきたものの、いまだルーシャさんという人を摑み切れていない。

「それじゃあ、サクッと本題に入りますけど……姫様に喜んでもらえるようなプレゼントに、何か心当たりがないですか？」

「リオン君が贈ってくれるなら、アリシア様はどんなものでもお喜びになるかと思いますよ？」

みんなちょっと姫様の優しさに甘え過ぎじゃないか？

「ご不満みたいね」

「みんなから同じこと言われて……」

「でしょうねぇ」

ルーシャさんはころころと楽し気に笑うが、俺からすれば笑いごとではない。

「ではヒントを差し上げましょう」

間を置き、ルーシャさんは俺の瞳をじっと覗き込む。

「リオン君。貴方に不足しているのは『相手への想い』です」

「相手への想い……？」

「ええ。プレゼントを人に贈りたいなら、まず何を贈るか、ではなく、贈る相手のことを考えるところから始めた方がいいと思いませんか？」

「あっ」

なるほど確かに……プレゼントのことばかり考えていて、贈る相手である姫様のことをちゃんと考えることが出来ていなかったかもしれない。例えば姫様のことを観察していれば、何か気づきがあったかもしれないのに。

「そっか……俺、姫様のことをちゃんと見てなかったんですね」

「ふふっ。気づけたご褒美と……誕生日をお迎えするアリシア様のために、少しだけ追加のお節介をしてあげましょう」

言うと、ルーシャさんは水晶に手をかざし瞼を閉じて瞑想する。

神秘的な空気が辺りを満たし、不思議な緊張感に包まれる。

「アリシア様へのプレゼントは……結びつきに関わる何かが良いでしょう」

「……なんか、えらいざっくりとしてますね」

「私の力も昔ほど強くはありません。せいぜい、今のようにささやかな恋占いが出来る程度ですから」

「えっ。今の恋占いだったんですか？」

俺の問いに対してルーシャさんは鉄壁の笑顔を返してきた。

どっちなんだよ。

ルーシャさんの占い屋を出た後、俺は姫様のことについて考えつつまた大通りの店を眺めてまわることにした。

贈る相手である姫様のことを想う。考える。

それに、

「結びつき、か……」

一体何との結びつきなのか。イマイチ想像がつかない。

「結ぶものってことなのかな。それにしたって一体…………」

視界の端にあるそれを捉えたのは、もしかすると偶然だったのかもしれない。

だけどその色を見た瞬間、頭の中に姫様の顔が思い浮かんだ。

「…………これだ！」

☆

姫様の誕生日。その当日を迎えた。

朝から大々的なお祭りやパレードが行われ、誕生日だというのに姫様は慌ただしい一日を過ごしていた。日が沈み夜を迎えた現在。あと十分もすれば貴族たちを招いたパーティが始まるというところ。護衛として姫様を迎えに行く、このほんの僅かな時。

(今日中に渡すなら、今しかない)

もしかしたら迷惑になってしまうかもしれないと思いつつ、俺は部屋の扉をノックする。

「姫様。リオンです。少しお時間、よろしいでしょうか」

「大丈夫よ。入って」

「失礼します」

許可を取り部屋に入って、

「――――っ」

思わず立ち止まり、息を吞む。

上品な夜会用のドレス。侍女たちによって化粧やヘアセットも万全なのだろう。

いつも以上に、姫様の姿は美しく輝いていて……端的に言うならば、見惚れてしまった。

「リオン。ぼーっとして……どうしたの？」

「えっ!?　あっ、いや………」

ここまできて怖気づいている場合じゃない。

勢いのまま、

「お、お誕生日、おめでとうございますっ！　これ、プレゼントですっ！」

丁寧にラッピングされた箱を、勢いのまま差し出した……が、反応がない。

姫様はじっと俺の差し出した箱を見つめていた。やがてそっと大切そうに受け取り、嬉しそうに顔を綻ばせる。

「ありがと……嬉しいわ。とっても」

その笑顔に心臓の鼓動がドキッと跳ねる。頬が熱くなって、くらくらとしてきた。

「ふふっ。実はね……朝からずっと、そわそわしてたの」

「えっ……?」

「リオンからのプレゼント、毎年楽しみにしてるから。今年はいつ貰えるんだろうって思ってて……そうしているうちに、夜になっちゃったでしょう? 実は内心、ちょっと怖かったの。今年は貰えないかもしれないって」

「そんなわけないじゃないですか! 今年は色々とお忙しそうだったから、渡す機会を逃してしまっただけです」

何しろしばらく『楽園島』で生活することになる。寂しがった魔王様が「今年は例年以上に盛大にやるぞ!」と大張り切りだったんだ。

「……開けてもいい?」

「……ど、どうぞ」

姫様が包装を開けている間、心臓の鼓動がやけに頭の中で鳴り響いていた。もしかすると姫様にも聞こえているかもしれない。そう思うと、更に鼓動がうるさくなっていく。

「これって…………」

箱の中に入っていたのは、二つの赤いリボンだ。

「それを見かけた時、姫様の綺麗な赤い瞳を思い出して」

姫様は普段、黒いリボンで髪を結んでいる。それ以外の色はあまり見かけたことがない。

「つけてみてもいい？」

彼女の問いに、無言で頷く。緊張で言葉を発するどころじゃなかった。

「どうかしら」

瞳と同じ色のリボンが、美しい金色の髪を結ぶ。

彼女の笑顔。心の中に温かい何かが満ちていく。

「とてもお似合いです」

「ありがと……大切にするわ」

姫様の頬が少し赤い。俺はたぶん、それよりもずっと真っ赤だ。

しばらく沈黙が続く。息苦しくない。むしろ甘く、くすぐったい。

「……そろそろ時間です。行きましょう」

その沈黙を破ったのは照れ隠しかもしれない。

胸の中でとくんとくんと動く心地好い何かを感じながら……俺は姫様のお手をとって、扉の向こうへと彼女をエスコートした。

あとがき

『人間だけど魔王軍四天王に育てられた俺は、魔王の娘に愛され支配属性の権能を与えられました。』この長いタイトルの本作、第二巻です。

さっそくですがここからは本編のネタバレ込みでのお話になります。

前回は晴れて恋人同士になった二人ですが、今回は「相手の親に挨拶」というステップを踏むことが出来ました……アリシアが。もはや半分どころか大半主人公みたいな感じです。こんな感じで本作はリオンとアリシアの二人がどんどん段階を進めていくという要素がありますが、どのへんまでいくのかは謎です。一応、次は考えてありますが「もしかしたら順序が逆では……？」と思ったりしつつ、リオンが何かやってくれるはずです。たぶん。

次の巻が仮にあればの話になってしまいますが、次は海に行く予定です。水着です。バカンスです。季節外れという単語が空から降ってきましたが、作中では夏なんだと叫びながらｗｅｂ版を書いています。アリシアもいつもよりちょっと大胆になり、リオンはそんなアリシアに翻弄されながらも反撃したりもします。

それだけでなく、今度は他のキャラクターにも多少はスポットを当てられればと思っております。この作品はリオンとアリシア、二人のお話になっておりますが、周りのキャラクターたちに関しても何かしら語ることが出来ればと……。


では、そろそろ謝辞を。

イラストレーターのmmu様。今回も素晴らしいイラストをありがとうございました。

表紙や口絵のリオンとアリシアはロマンチックで微笑ましく、焔の拳で殴り抜けるリオンは迫力もあり。二人が段階を踏み、育まれていく愛をいつも想像以上に表現してくださり感謝の想いが尽きません。ありがとうございます。

担当編集者のM様。毎回ご提案やご指摘感謝しております。それと電話の時とか反応が薄くて申し訳ありません……特に何かあるとかではないので……ただ会話が下手くそなだけなので……。

そしてこの作品に関わってくださった方々、この本を手にとってくださった読者の方々。

本当に本当にありがとうございます。

あなた方に関わって頂けて、この作品は幸せです。

2巻も
ありがとうございました!!

mmu.

アニメ
大好評放送中!!
私、能力は平均値でって言ったよね!
FUNA
私、能力は平均値でって言ったよね!
FUNA
私、能力は平均値でって言ったよね!
FUNA
私、能力は平均値でって言ったよね!
FUNA
私、能力は平均値でって言ったよね!
FUNA
私、能力は平均値でって言ったよね!
FUNA

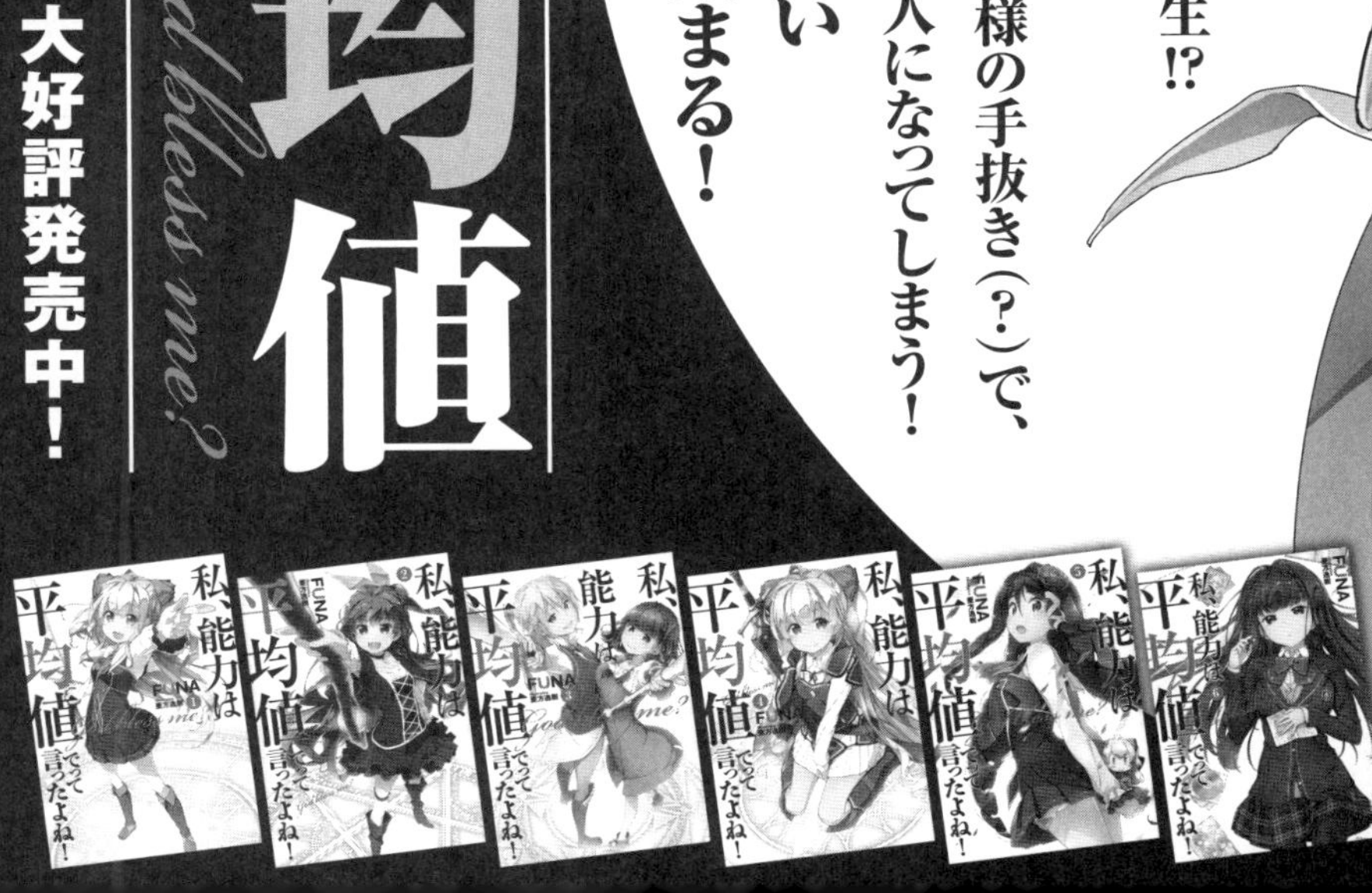

冒険者になりたいと都に出て行った娘がSランクになってた
1～6
MOJIKAKIYA
門司柿家
ILLUSTRATION
toi8
MY DAUGHTER GREW UP TO "RANK S" ADVENTURER.
シリーズ累計
15万部
突破!!!!!

大怪我を負い故郷の村へと帰ってきた元冒険者、ベルグリフ。
村近くの森の中で女の子を拾い自身の娘アンジェリンとして育てる。
父親の背中を見て育った娘はやがて父と同じ冒険者の道を進み
遠く離れた都にあるギルドで最高位のSランクへと登りつめるのだった！
それから数年が経ち、久しぶりに大好きな父に会いに村に帰ろうとするも
時に魔獣討伐に駆り出され、時に盗賊団に邪魔をされ
ベルグリフに全然会いに行けない……!!
一体わたしはいつになったら
お父さんに会えるんだ……！
親子のふれあい、パーティの友情！
色鮮やかな情景に迫力あるバトルシーン!!
泣ける！ 笑える！ 見所いっぱい
異世界ファンタジー冒険譚、
シリーズ続々刊行中!!!
第7巻は2020年初頭刊行予定!!
コミックアース・スターで
コミカライズも
大好評連載中!!

EARTH STAR NOVEL

人間だけど魔王軍四天王に育てられた俺は、魔王の娘に愛され支配属性の権能を与えられました。2

発行 ―――――― 2019年12月14日　初版第1刷発行

著者 ―――――― 左リュウ

イラストレーター ―――― mmu

装丁デザイン ―――― 石田 隆（ムシカゴグラフィクス）

発行者 ―――――― 幕内和博

編集 ―――――― 増田 翼

発行所 ―――――― 株式会社 アース・スター エンターテイメント
〒141-0021　東京都品川区上大崎 3-1-1
目黒セントラルスクエア　5F
TEL：03-5561-7630
FAX：03-5561-7632
https://www.es-novel.jp/

印刷・製本 ―――― 図書印刷株式会社

ISBN 978-4-8030-1373-3